FSC
www.fsc.org
MIX
Papier aus verantwortungsvollen Quellen
FSC® C083411

IMPRESSUM

Hintere Str. 28 – 88437 Maselheim
Namen und Handlungen sind alle fiktiv und haben mit keinen Personen oder Plätzen etwas gemeinsam. Namen und Handlungen sind allesamt fiktiv und haben mit keinen realen Personen oder Plätzen etwas gemeinsam.
Cover: Urheberrecht/Copyright
Cover: D-Design Cover Art

Lotta Larsson
2023

Herstellung und Druck über tolino media GmbH & Co. KG, München.
Printed in Germany

STRANDKORBLIEBE AUF AMRUM - LENTJE

LOTTA LARSSON

WIDMUNG

Allen, die Tiere lieben.

ÜBER DEN AUTOR

Lotta Larsson liebt das Reisen, das Rauschen des Meeres und im Sommer den warmen Sand unter ihren nackten Füßen. Bei jedem Wetter unternimmt sie lange Strandspaziergänge mit ihrem Hund, bei denen ihr die besten Ideen für ihre Liebesromane kommen. Sie lebt mit ihrer Familie in Süddeutschland. Ihre Geschichten haben alle eines gemeinsam: Am Ende steht ein Happy End und vor allem sollen die Geschichten den Leserinnen und Leser nach der letzten Seite ein Lächeln ins Gesicht zaubern.

Sie wünscht viel Freude mit den Geschichten!

VORWORT

Dieser Roman ist genau das. Eine Geschichte. Bitte nehmt nicht alles, was ich geschrieben habe, ernst. Vieles davon wird in der heutigen vernetzten und digitalen Zeit nicht funktionieren. Bücher laden zum Träumen ein und nicht alles, was geschrieben ist, kann oder wird jemals so geschehen oder entspricht der Realität. Lasst euch in meine Welt der Fantasie mitnehmen und begeistern!

KLAPPENTEXT

Meeresrauschen, Herzklopfen und jede Menge Liebe … das verspricht Amrum.

Als Matthys Saathoff einen emotionalen Zusammenbruch erleidet und sich selbst in eine Klinik einweist, wird ihm klar, dass sein Leben so nicht weitergehen kann. Er beschließt, nach Amrum zu gehen und sich seinen Kindheitstraum von einer kleinen Alpakaherde zu erfüllen. Eine Attraktion auf Amrum. Als das Haus seines Nachbarn brennt, zerstört das Feuer auch sein Tiny-House und er zieht vorübergehend in die Niemeyer Kate.

Lentje Boger übernimmt stellvertretend die Tierarztpraxis auf Amrum. Doch der Sommer startet mit einer Katastrophe. Als wäre das nicht schon genug, trifft sie auf Matthys Saathoff. Den Mann, mit dem sie während des Studiums eine Nacht verbrachte und der am nächsten Tag spurlos verschwand. Der Mann, dem sie, wenn sie ehrlich ist, lange nachgetrauert hat.

Vielleicht kann Strandkorb sieben mit seiner Magie die Funken erneut überspringen lassen?

PROLOG

Wieder ist ein wunderschöner Sommer am Strand von Amrum zu Ende gegangen. Das Wetter war, wie ich finde, sehr gut. Ich wurde zwar ein paar Mal kräftig durchgeschüttelt und auch nass. Einmal hat mich der Wind sogar umgeworfen, aber zum Glück ist nicht viel passiert. Das Schönste am ganzen Sommer war jedoch, dass ich wieder einmal meine Magie über ein Paar ausschütten durfte: Leon und Leevke. Sie haben den ganzen Sommer mit mir im Strandkorb verbracht, geredet und sich geküsst. Hach, diesen Winter kann ich Geschichten erzählen. Meine Kollegen werden wieder so neidisch auf mich sein. Alles in allem kann ich nur sagen, was für ein Traum. Schade, dass der Sommer zu Ende geht.

Kapitän Klaas bringt mich in diesem Moment zurück in mein Winterquartier und ich bin richtig aufgeregt und kann es kaum erwarten, meine Geschichten zu erzählen. Die Zeit ist fast zu kurz, denn kaum hat Kapitän Klaas das große Tor geschlossen, in dem wir sicher verstaut sind, geht es auch schon wieder auf. In der Halle herrscht reges Treiben. Kapitän Klaas hat heute einen Helfer mitgebracht, seinen Enkel Frieder, der ihm hilft, die Strandkörbe für den kommenden Sommer vorzubereiten. Seine Frau hat wie in den letzten Jahren wieder neue Kissen genäht. Ich bin gespannt, ob ich dieses Jahr wieder ein neues Innenleben bekomme. Ich bin ein bisschen eitel und würde mich sehr freuen.

Mein Besitzer sieht mich lächelnd an und wenn ich vor Freude zappeln oder hüpfen könnte, würde ich das bei seinen nächsten Worten tun: »So, mein Lieber, dieses Jahr hat dir meine Frau wieder etwas Schönes genäht. Nicht in grün-weiß, sondern in rot-weiß leuchtest du dieses Jahr. Da Rot ja bekanntlich die Farbe der Liebe ist, bin ich sicher, dass es dir gefällt.« Sein Enkel Frieder malt mein Geflecht, wo nötig, weiß an und bessert ein paar kleine Macken aus, die mir die raue Nordsee zugefügt hat. Und das war es. Ich bin wieder fit für die Saison. Doch halt, etwas fehlt noch. Lachend kommt Kapitän Klaas mit meiner Rückennummer in der Hand auf mich zu. Wie in den vergangenen Jahren bringt er sie an: die Nummer sieben. Sie ist sehr wichtig, denn ich bin Strandkorb Nummer sieben.

Ein paar Tage später werde ich auf einen Transporter geladen und über die Insel gefahren. Wie schön, dass ich wieder zur Kate der Niemeyers gebracht werde. Dort sind so viele junge Leute am Strand und jeden Abend ist etwas los. Auch Leeve und Tanja oder Leon und Leevke werde ich dort bestimmt ab und zu treffen. Wie neugierig bin ich doch, welche Gäste den Sommer über in der Kate Erholung suchen werden. Als ich an meinem Platz stehe, spricht mein

Besitzer mit mir: »Jetzt bist du bereit für ein neues Abenteuer. Wen wirst du wohl diesen Sommer glücklich machen? Ich bin gespannt. Dein Ruf eilt dir ja inzwischen voraus.« Lachend steckt er sich die Pfeife in den Mund und geht mit seinem Enkel weiter, um die anderen Körbe am Strand zu verteilen.

MATTHYS SAATHOFF

Mein Blick ist starr auf den Bildschirm vor mir gerichtet, oder vielleicht sollte ich sagen, auf die Bildschirme vor mir. Wobei sagen sicher das falsche Wort ist für das, was ich will. In diesem Moment will ich nur eines, und das ist meine Ruhe. Ich will, dass diese Stimmen in meinem Kopf aufhören. Ich höre sie nur durcheinander reden oder schreien: »Du musst Statistiken erstellen, Prozente ausrechnen, Millionen machen, Charts analysieren, Neuemissionen begutachten, den DAX und den MDax im Auge behalten, den Bullen- und den Bärenmarkt. Den Dow Jones. Die fallenden Kurse, die steigenden Kurse. Rechtzeitig verkaufen, kaufen, Stopps setzen, nachziehen. Kommt die Rezession oder nicht?« In meinem Kopf schwirrt alles durcheinander. Ich frage mich, welche Optionen die besten sind, welche Gerüchte stimmen und ... und dann wieder, ich muss die Charts analysieren und dann ... in zehn Minuten öffnet die Börse in den USA ... und mein Kopf ... der Schmerz hinter der Stirn ... er pocht, gleichzeitig ist mir heiß und dann wieder ... ich sehe nichts. Ich muss die Charts der Aktien überprüfen, die ich in Tokio im Depot habe. Die Bildschirme vor mir flimmern. Das Zeitgefühl ist weg und dann Schulterklopfen und Sektkorken knallen.

»Matthys, du bist einfach ein Genie!«

»Du bist einfach der Beste!«

»Wahnsinn, wie du das wieder hinbekommen hast!«

»Der Chef wird strahlen.« Es sind so viele Worte, verschiedene Stimmen, die ich gar nicht richtig wahrnehme, und ich weiß auch nicht, warum sie mir gratulieren.

»Matthys, ist alles in Ordnung mit dir? Hier, nimm einen Schluck. Bei so einem Erfolg kann einem schon mal der Kreislauf zusammenbrechen. Du hast der Bank, den Fondskunden und vor allem dir selbst gerade wirklich einen dicken Batzen Geld eingebracht. Einen verdammt großen Batzen, möchte ich betonen.« Ich trinke automatisch, als die kalte Flüssigkeit meine Kehle hinunterrinnt. Die Kälte lässt mich langsam zu mir kommen. Mein Herz klopft so heftig. Ich sehe mich um. Jetzt wird mein Kopf klarer, und dann erinnere ich mich. Die Neuemission. Das Wagnis, das ich in den Augen vieler eingegangen bin. Die Aktie muss in die Höhe geschossen sein. Mein Vorgesetzter betritt das Büro. Mit großen Schritten kommt er auf mich zu. Auch er klopft mir kräftig auf die Schulter.

»Gut gemacht, Matthys. Aber ich kann dir sagen, diese Aktion hat mir ein paar unruhige Stunden beschert. Das war ... ich darf dir mitteilen, dass der Vorstand dir die Leitung der...«

»Ich kündige.« Innerhalb von Sekunden wird es mucksmäuschenstill.

»Wie meinen Sie das, Herr Saathoff?« Mir und allen im

Raum ist bewusst, dass er mich nicht mehr wie früher duzt, sondern mit dem Nachnamen anspricht. So schlecht es mir auch geht, dieses Detail habe ich wahrgenommen. Aber in mir ist dieses Brummen und das Wissen, dass ich hier sofort rausmuss, sofort gehen muss. Dass ich so nicht weitermachen kann, wenn ich noch länger leben will. Und im Moment würde ich mich, wenn sich die Gelegenheit böte, vom Dach des Hochhauses stürzen, um endlich Ruhe in meinem Kopf zu haben. Es ist einfach alles viel zu viel für mich. Ich weiß, dass ich heute das Geschäft meines Lebens gemacht habe. Dass ich für die Bank, für die Kunden und für mich durch die Boni zig Millionen verdient habe, nur weil ich auf die richtige Emission, auf die richtigen Optionen gesetzt habe. Weil alle meine Berechnungen aufgegangen sind. Und das tun sie oft. Ich habe so viel Geld und so viele Stimmen in meinem Kopf. Ich stehe auf.

»Ich kann nicht mehr.« Vier einfache Worte mit so viel Sprengkraft, und doch jedes einzelne die Wahrheit. Ich packe meine Unterlagen zusammen, schalte den Computer aus und gehe durch die Reihen meiner Kolleginnen und Kollegen, die fast ein Spalier bilden. Als ich das Gebäude verlasse, drückt mich die Last fast zu Boden, und wieder kommt mir der Gedanke - einfach aufhören. So viel ist mir noch klar, dass ich im Begriff bin, etwas ganz und gar Dummes zu tun. Wenn doch nur diese Stimmen in meinem Kopf aufhören würden und mein Herz nicht so laut klopfen würde. Ich rufe mir ein Taxi, steige ein und sage dem Fahrer, dass er mich ins Krankenhaus fahren soll. Er schaut mich seltsam an, aber irgendetwas an meinem Blick kommt ihm seltsam vor, und er fährt mich zum nächsten Krankenhaus. Direkt in die Notaufnahme und steigt aus.

»Warten Sie hier. Machen Sie keine Dummheiten. Bleiben Sie einfach sitzen, ich hole Hilfe.« Wie in Zeitlupe oder aus weiter Ferne beobachte ich das Geschehen um mich herum. Er geht ins Gebäude, und nur wenige Minuten später kommt er, gefolgt von einer Schwester, wieder auf den Hof, und beide gehen zum Fahrzeug.

»Hallo, ich bin Schwester Julia.«

«Matthys Saathoff.«

»Herr Saathoff, können Sie aussteigen und mit mir gehen? Und sollen wir jemanden benachrichtigen, dass es Ihnen nicht gut geht?«

»Nein.«

»Nein, Sie können nicht aussteigen oder nein, niemanden benachrichtigen?«

»Können Sie die Stimmen und die Schmerzen in meinem Kopf ... ich meine, können Sie mir etwas geben, damit es aufhört?«

»Ja, wenn Sie mir meine Fragen beantworten.«

»Niemanden benachrichtigen, nicht jetzt.«

»Gut. Dann kommen Sie.« So viel verstehe ich, oder ich kann mich zusammenreißen und wende mich beim Aussteigen an den Taxifahrer. Nehme mein Portemonnaie und gebe ihm einen Hunderter.

»Das ...« Ich winke ab und sage zu Ihm: »Danke.« Dann gehe ich mit Schwester Julia in die Notaufnahme. Sie setzt mich auf eine Liege in einem Zimmer. Meine Hände zittern unkontrolliert. *War das vorhin auch schon so?* Ich kann mich nicht erinnern. Wenn nur die Schmerzen weniger wären.

»Legen Sie sich hin. Der Arzt kommt gleich. Darf ich Ihre Krankenkassenkarte aus dem Portemonnaie nehmen?« Ich schaue sie an, nicke, und wenig später hat sie nun hoffentlich alle Informationen, die sie braucht. Der Arzt, der wenig später zu mir tritt, untersucht mich und gibt mir schließlich eine Spritze, die mich hoffe ich rasch einschlafen lässt.

»Herr Saathoff, Sie haben einen Zusammenbruch. Ich glaube, das wissen Sie, und es ist gut, dass Sie noch die Kraft hatten, zu uns zu kommen. Wir bringen Sie jetzt auf ein Zimmer, wo Sie schlafen können. Herr Saathoff, haben Sie daran gedacht, sich das Leben zu nehmen?« Die Frage ist hart, und gleichzeitig ist es genau das, was ich mir in den letzten Tagen und auch vorhin vorgestellt habe, überlegt habe. Einfach ... Schluss machen.

»Ja, oft. Auch vorhin. Wenn ... wenn das Taxi nicht gekommen wäre ... ich weiß nicht, was ich gemacht hätte.« Er nickt.

»In diesem Fall ist es sehr gut, dass Sie es geschafft haben. Ich habe bereits mit einer Partnerklinik gesprochen, die auf Burnout, Depressionen und psychische Zusammenbrüche spezialisiert ist. Sie sind Privatpatient. Ich will Sie jetzt nicht übervorteilen, aber ich gehe davon aus, dass ich Ihr Einverständnis habe, Sie in eine Privatklinik hier in der Gegend überweisen zu lassen ...« Seine Fragen sind mir allesamt viel zu viel und zu anstrengend, und langsam überkommt mich eine Ruhe, die ich schon lange nicht mehr hatte.

»Tun Sie, was Sie für richtig halten, ich bin müde. Ich bin so müde.«

»In diesem Fall schlafen Sie, Herr Saathoff.« Als ich erwache, liege ich in einem gemütlichen Bett. Das Zimmer ist lichtdurchflutet, die Fenster sind gekippt. Frische Luft strömt herein, und ich höre Vögel zwitschern. *Wann habe ich dies das letzte Mal gehört? Und ... wo bin ich?* Ich schaue mich um und sehe, dass eine Infusion in mich läuft. Eine Nadel in meinem Arm, in mir steckt. *Wann hat man mir diese Infusion gelegt, und ... ist das hier ein Krankenhaus? Sehen die Krankenzimmer hier so aus?* Ich überlege nicht lange, denn denken, merke ich, ist viel zu anstrengend. Die Tür geht auf, und ein Pfleger betritt das Zimmer.

»Sie sind wach, hallo Herr Saathoff. Mein Name ist Paul. Ich bin hier auf der Pflegestation für Sie verantwortlich. Sie sehen verwirrt aus.«

»Ein bisschen. Bin ich im Krankenhaus?«

»In der Privatklinik Gut Kellermeister.«

»Aber wie...?« Er muss mir ansehen, dass ich irritiert bin.

»Sie haben tief und fest geschlafen, und das seit vier Tagen. Sie waren, um es deutlich zu sagen, erschöpft. Völlig am Ende. Aber das wird der Arzt mit Ihnen besprechen. Hier sind Sie in den allerbesten Händen. Lassen Sie sich treiben, schlafen Sie, und wenn Sie etwas brauchen, sagen Sie es mir. Wenn die Ärzte der Meinung sind, dass Sie so weit sind, dass Sie mit Ihnen arbeiten können, dass Sie aufarbeiten können, was zu diesem Zusammenbruch geführt hat, werden sie mit Ihnen die Therapie besprechen. Aber jetzt bitte ich Sie, sich einfach treiben zu lassen. Ich werde jetzt, wo Sie wach sind, die Infusion entfernen, und später, wenn Sie die Kraft dazu haben, werde ich Ihnen den Raum zeigen, in dem wir das Essen servieren.« *Ich denke nur, das Essen servieren?* Ich sollte mich in den folgenden Tagen noch öfter wundern. Diese Klinik ist auf jeden Fall eine teure, aber auch eine verdammt gute. Das merke ich an dem Tag, an dem die Ärzte mich für fit genug halten, um aktiv mit mir zu arbeiten. Und das ist nicht einfach. Ich lerne mich kennen. Das Hamsterrad, in dem ich mich jahrelang befunden habe, hört auf. Ich lerne zu erkennen, dass mein Ehrgeiz, der mich immer angetrieben hat, mich am Ende verdammt erfolgreich und reich gemacht hat, hier in diese Klinik gebracht hat. Ich werde durchgecheckt, auf Herz und Nieren geprüft, wie man so schön sagt, und es stellt sich heraus, dass nicht nur meine Psyche nicht zum Besten steht, sondern auch mein Herz nicht das eines gesunden fünfunddreißigjährigen Mannes ist. Die ersten Vorzeichen eines Herzinfarktes sind bereits vorhanden: Herzrhythmusstörungen und ähnliches. Der Arzt spricht deutliche Worte mit mir, er schont mich nicht.

»Herr Saathoff, so kann es nicht weitergehen. Das heißt, Sie können, aber Sie können nicht mehr lange. Und ich hoffe, dass Sie das jetzt begriffen haben. Sie können diesen Beruf, den Sie ausgeübt haben, in dieser Form nicht mehr ausüben. Gut, können Sie schon, wie gesagt, aber nicht mehr lange. Dann ist Schluss. Aber nicht mit Ihrem Beruf, sondern mit Ihrem Leben. Und das ist keine düstere Prognose, die Ihnen Angst machen soll, damit Sie nachdenken, sondern das ist mein absoluter Ernst. Sie müssen nachdenken.« Und ja, das habe ich getan. Es hat eine Weile gedauert, bis ich mich von dem Gedanken verabschiedet habe, wieder als Broker zu arbeiten. Eigentlich jetzt, wo ich zur Ruhe gekommen bin. Ich liebe diesen Job. Die Hektik, das Geld verdienen. Mit etwas Abstand sieht alles wieder viel schöner aus, viel heller. Man kann sich gar nicht vorstellen, dass genau dieser Job einen so aus der Bahn geworfen hat. Irgendwie will ich es auch nicht wahrhaben, denn ja, so etwas bedeutet Veränderung, und damit tue ich mich, und ich bin mir sicher, viele andere auch, sehr schwer. Aber trotzdem treffen mich seine Worte und sie fruchten auch. Denn sterben, tot sein, das ist nicht das, was ich jetzt, da ich wieder zur Ruhe gekommen bin, will. Auch wenn mich genau diese Gedanken in die Klinik gebracht haben. Die Medikamente und Therapien helfen mir, aus dem Hamsterrad auszubrechen. Das Problem, das ich jetzt habe, ist nicht einfacher. *Wenn ich nicht mehr als Broker arbeiten soll, was dann?* Ich meine, mit fünfundreißig in Rente zu gehen, hört sich nicht schlecht an, aber das ist sicher nicht das, was mich auf Dauer erfüllt. Und dann wieder liege ich nach einer Massage auf der Liege und denke: So schön kann das Leben sein. Die Psychologin, die mit mir arbeitet, hilft mir, meine Gedanken zu ordnen und auch auf andere Themen zu lenken. Auf Dinge, die ich tief in mir vergraben habe und die ich früher einmal machen wollte oder mir vorgestellt habe. Sie versucht, mich dazu zu bringen, meine Wünsche auszusprechen, die ich mir erfüllen möchte. Bald bin ich auf einem Weg, von dem ich nicht einmal geahnt habe, dass ich ihn beschreiten könnte, und auch wo und wie. Es ist etwas völlig Neues, aber es ist etwas gutes. Früher, als Kind, mochte ich Tiere und träumte davon, später einmal einen Bauernhof zu kaufen. Mein Vater hat das natürlich belächelt und als kindliche Fantasie abgetan. Aber irgendwie ... Tiere, Land, mit dem Körper arbeiten. Nicht unbedingt auf dem Hof, auf den Feldern. Aber ein Garten und ... ich liege nur eine Woche später wieder auf dieser Liege nach der Massage und meine Gedanken kreisen nicht mehr darum, dass ich nicht mehr als Broker arbeiten kann, sondern darum, wie ich mir diesen kindlichen Wunsch von damals vielleicht erfüllen könnte und auch wo ... So bin ich, wenn mich etwas interessiert, dann knie ich mich da rein. Obwohl ich weiß, dass ich wieder in diese alte Struktur zurückfalle, die nicht gesund für mich ist, bilde ich mir ein, dass es etwas anderes ist, weil ich ... Ich spreche mit dem Arzt und meiner Psychologin darüber, und sie halten mich nicht auf. Aber sie bestehen darauf, dass ich die Therapien fortsetze. Ich mache Pausen zwischen den Recherchen, ich lerne, meinen Geist zur Ruhe kommen zu lassen. Es ist verrückt, aber ich spüre, wie mir das alles hilft, wie ich wieder Kraft schöpfe. Und das kann ich nur, weil ich weiß, dass ich genug Geld habe, um mir diese Auszeit leisten zu können, ohne ein schlechtes Gewissen zu haben. Ich habe so viel Geld mit meiner Arbeit verdient. Wie viel genau, das kann ich gar nicht sagen, und das ist jetzt total gelogen. Ich bin Banker und kenne meinen Kontostand auf den Cent genau. Na ja, so genau auch wieder nicht, denn ich habe das meiste Geld in Aktien angelegt, und die Depots schwanken sekündlich. Aber ich kann beruhigt darauf schauen und weiß, dass ich mir dieses andere Leben abseits der Börse leisten kann. Und ... meine Psychologin hat mich darauf hingewiesen, dass ich trotzdem den Kontakt zu meiner Arbeit halten kann, weil ich meine Finanzen nach wie vor selbst verwalte. Nur nicht mehr in dieser exzessiven Form und nicht mehr für andere, für Banken. Ich muss keine Gelder verwalten und bin nur noch für mich selbst verantwortlich. Damit hat sie recht. Eine weitere Woche später bin ich in meiner Planung für den Start in ein neues Leben weiter. Ich weiß, wo ich anfangen werde. Nicht in der Nähe von Frankfurt, auch nicht in einem Land außerhalb Deutschlands, aber auch nicht irgendwo. Ich habe mich für den Norden entschieden, für die Nordsee, genauer gesagt für eine Insel. Nicht Sylt, das ist mir zu nobel. Obwohl ich es mir durchaus leisten könnte, dort zu leben. Aber ich will kein Haus mieten und dort im Luxus leben. Zumindest nicht zu Beginn. Mein Plan ist erst einmal ein vollkommen anderer. Ich muss über mich selbst lachen, zurück zu den Wurzeln sozusagen, zu meinen Wurzeln. Meine Großeltern waren Krabbenfischer auf Amrum. Und genau dort werde ich nach einem geeigneten Grundstück suchen. Schade, dass meine Eltern es nach dem Tod meiner Großeltern an einen Investor verkauft haben. Wenn sie gewusst hätten, wie viel man heute dafür bekommt, hätten sie das nie getan. Oder ich hätte vielleicht selbst etwas gebaut. Aber das ist vorbei. Da steht längst ein Hotel und ist an einen reichen Industriellen verkauft. Der wird nicht mehr Geld auf dem Konto haben als ich. Aber ihm gehört es, und ich habe jetzt das Problem, ob ich überhaupt etwas bekomme. Vielleicht hilft es, dass meine Vorfahren von dort stammen und man sich auf der Insel noch an den Namen Saathoff erinnert. Auf jeden Fall muss ich einen Makler beauftragen, der mir ein großes Grundstück suchen soll, auf dem ich Tiere halten kann, einen Unterstand bauen kann und auch ein Tiny-House aufstellen darf. Erst mal will ich nur ein paar Quadratmeter zum Wohnen, um herunterzukommen, mich nur um mich und die Tiere kümmern und nicht gestresst sein von Dingen, die nicht zum täglichen Leben notwendig sind. Also ein Haus in Ordnung halten, vielleicht eine Haushälterin einstellen. Noch will ich kein Päckchen auf meinen Schultern tragen. Der Makler, den ich anrufe, lacht, als ich ihm sage, was ich will. Aber als er endlich schweigt und ich ihm sage, wie viel Geld ich ihm zur Verfügung stelle, um mir ein Grundstück zu besorgen, wird er plötzlich geschäftstüchtig. Keine Ahnung. Eigentlich sollte ich sofort jemand anderen anrufen, denn sein

Verhalten war etwas unprofessionell. Aber das kann ich ja immer noch tun. Nachdem er alle Daten aufgenommen hat, sage ich ihm zudem, dass er den Bürgermeister anrufen soll und ihm mitteilen möchte, was ich vorhabe und dass meine Großeltern von der Insel stammen. Er soll ihm sozusagen meine Idee schmackhaft machen. Aufgaben abgeben, hat meine Psychologin gesagt, und das mache ich mit diesem Anruf, auch wenn es mir schwerfällt. Doch ich denke, dass dies eine weitere Attraktion für die Touristen auf Amrum sein könnte, und genau das soll er dem Bürgermeister auch mitteilen. Er legt auf, und ich bin mir ziemlich sicher, dass er nicht das finden wird, was ich suche. Leider. Ich bin jetzt seit vier Monaten in der Klinik, und ich muss zugeben, es geht mir besser. Ich fühle mich stärker, und das sage ich auch dem Arzt. Dennoch hat mich dieses Telefonat auch angestrengt, und ich sage ihm trotzdem, dass ich nach Hause möchte. Er nickt nur und sagt, das können wir gerne versuchen, wenn ich mich bereit erkläre, einmal in der Woche in die Klinik zu kommen, um mit der Psychologin zu reden und auch mit ihr zu besprechen, wie wir weiter vorgehen. Er meint damit insbesondere die Medikation. Noch nehme ich Tabletten, und noch weiß ich nicht, inwieweit sie dazu beitragen, dass es mir besser geht. Aber eines macht sie mir klar: Hektik, ist die schlechteste Idee. Und ich habe auch nicht vor in diese zu verfallen, auch wenn ich ... voller Tatendrang bin.

LENTJE BOGER

»Lentje?«

»Ja. Wer soll es sonst sein, mit dem Klingelton, den du extra für mich gespeichert hast und der mich ankündigt? Außerdem hast du doch längst geahnt, dass ich es bin. Wie geht es meiner verliebten Schwester und meinem allerliebsten Beinahe-Schwager?«

»Eigentlich willst du nur wissen, wie es Lucky geht.«

»Da könntest du recht haben. Also, wie geht es ihm?«

»Es geht ihm hervorragend. Er ist extrem lernbegierig und hat Lenny mittlerweile um den Finger gewickelt. Leon geht es auch sehr gut und ich … ich bin glücklich und wenn du mir das vor einem Jahr gesagt hättest, hätte ich dir nicht geglaubt und das habe ich dir schon oft gesagt.«

»Kann ich ein paar Wochen bei dir im Gästezimmer schlafen? Wenn nicht, kann ich auch Leeve und Tanja fragen.«

»Was ist passiert?«

»Nichts.«

»Lentje?« Ich lache.

»Es ist wirklich nichts passiert. Man hat mir ein Angebot gemacht. Nein, man hat mich um Hilfe gebeten, und zwar nicht Mann, sondern Frau.«

»Lentje Boger, sprich bitte so, dass ich dich verstehe.«

»Kann ich dann bei euch im Gästezimmer übernachten?«

»Lentje!«

»Ich bin von Witta Hoferland gefragt worden, ob ich in den nächsten Wochen in ihrer Praxis aushelfen kann. Sie muss sich einer Operation unterziehen und danach in die Reha und kann nicht gleich wieder arbeiten. Sie fragte mich, ob ich mir vorstellen könnte, die Praxis den Sommer über zu übernehmen.«

»Sie ist krank?«

»Ich glaube nicht, dass es lebensbedrohlich ist. Sie sagt, sie habe es schon länger vor sich hergeschoben, aber jetzt sei es akut geworden. Sie kommt in eine Frauenklinik auf dem Festland, also kann ich mir denken, was es ist, und nach dieser Operation sollten sich die Frauen wirklich schonen und nichts Schweres heben. Leider sind heutzutage auch die Katzen zum Teil überfressene, fette Brummer. Von den Hunden und den vielen überfütterten Kaninchen will ich gar nicht reden. Es ist oft schrecklich, was wir zu sehen bekommen.«

»Lentje, kommst du wirklich den Sommer über nach Amrum?«

»Ja.« Meine Schwester schweigt einen Moment und sagt dann ... und ich höre deutlich das Lachen in ihrer Stimme.

»Ich kann dir nur einen Rat geben ...«

»Schwesterherz, das wäre?«

»Mach einen großen Bogen um die Niemeyerkate. Zumindest um den Strandkorb, wenn du nicht ...« Ich muss laut lachen.

»Das ist jetzt nicht dein Ernst, du glaubst wirklich, dass die Kate und der Strandkorb schuld daran sind, dass du dich in Leon verliebt hast? Ich dachte, Lenny hätte seinen Teil dazu beigetragen.«

»Auch. Aber ja, ich bin mir sicher, dass der Strandkorb ... egal. Ich freue mich und natürlich kannst du das Gästezimmer nutzen. Im Anbau ist zwar noch viel Baustelle, aber das Zimmer mit dem kleinen Bad ist fertig.«

»Das reicht mir. Aber ich will nicht stören und ...«

»Halt die Klappe, Lentje Boger. Ich freue mich! Ich freue mich richtig und Leon auch. Der schaut mich die ganze Zeit fragend an und fragt sich, was ich da mit dir rede.« Sie spricht mit ihm, damit ich es auch verstehe.

»Lentje wird den Sommer über im Gästezimmer schlafen. Zumindest so lange, bis der Strandkorb ihr einen Mann herbeigezaubert hat.«

»Leevke! Rede nicht so dummes Zeug.« Wieder muss ich lachen und im Hintergrund höre ich Leon mit seiner dunklen, schönen Stimme und dem trockenen Humor, den ich so an ihm mag, sagen: »Lentje, du solltest diesen Strandkorb nicht unterschätzen. Ich kann dir sagen, in diesem Korb wohnt ein Zauberer. Und der hat mir die schönste Frau geschickt, die es gibt.« Ich lächle, denn ja, meine liebe Zwillingsschwester hat einen Volltreffer gelandet, genau wie mein Bruder Leeve. Unser Held. Er ist nun schon den zweiten Sommer glücklich mit Tanja verheiratet und Leevke hat Leon im letzten Sommer kennengelernt und ist wie er seit Monaten glücklich mit Leon, trotz der Schwierigkeiten, die die beiden zu bewältigen haben. Ich bin mir sicher, dass es interessante und schöne Wochen auf Amrum werden, auch wenn ich sicherlich viel mit der Praxis zu tun haben werde. Wobei Witta mir schon gesagt hat, dass ich im August die Praxis für zwei Wochen schließen kann. Das macht sie jedes Jahr so, weil ihre Tierarzthelferinnen auch Urlaub brauchen. Ich bin gespannt, wie das wird. Irgendwie ... sehr gespannt sogar. Nicht, dass ich je daran gedacht hätte, eine eigene Praxis zu eröffnen. Zu viel Verantwortung muss ich zugeben. Und auch zu viel Arbeit. Ich liebe mein Leben und habe in jungen Jahren genug gearbeitet. Mein Ziel war immer nur eines, weg von Amrum. Weg von zuhause, weg von Vater und ich bin mit Leevke gleich nach dem Abitur aufs Festland nach Dagebüll gezogen. Wir haben beide einen Ausbildungsplatz gesucht, aber die Monate bis zum Ausbildungsbeginn haben wir gearbeitet.

Leevke erfüllte sich ihren Traum, auf einem Schiff anzuheuern, und kehrte als ziemlich geerdete Frau zurück, die sich nicht mehr vorstellen konnte den Beruf zu erlernen, den sie eigentlich erlernen wollte. Sie entschied sich für eine Ausbildung zur Steuerfachangestellten und ist glücklich damit. Sie hat nach der Ausbildung sogar noch studiert und ist jetzt Steuerberaterin. Ich selbst habe in der Zeit bis zur Ausbildung als Hotelfachfrau in einer Kneipe gekellnert und Geld verdient. Aber nach einem Jahr Ausbildung habe ich nach einem langen Gespräch mit Leevke und Levka und auch mit meinem Bruder Leeve beschlossen, die Ausbildung abzubrechen. Ich habe lange mit mir gerungen, denn Leeve hat mich in den Monaten unterstützt, auch Leevke und Levka ... Außerdem habe ich jeden Samstag und Sonntag gekellnert und gearbeitet, bis mir die Fußsohlen brannten, und das haben sie auch noch viele Jahre später oft gemacht. Denn ich beschloss zu studieren und Tierärztin zu werden. Was habe ich gebüffelt, und wenn ich vor lauter Buchstaben nichts mehr gesehen habe, bin ich aufgestanden und habe gekellnert. Leevke hat uns alle so sehr unterstützt. Mich und Leevke und auch Levka, als sie von zuhause weggegangen ist. Aber wir mussten alle drei etwas dazuverdienen. Denn er konnte nicht alles bezahlen. Obwohl ich mir sicher bin, dass er es getan hätte, wenn er gekonnt hätte. Ich wiederhole mich, aber er ist unser aller Held und jetzt ist er glücklich und wir freuen uns so sehr für ihn. Wir haben es ihm auf unsere Weise mit Bestnoten und sehr guten Abschlüssen gedankt. Leevke ist, wie gesagt, eine hervorragende Steuerberaterin geworden. Sie ist verdammt gut darin und wird sich jetzt hier auf Amrum eine eigene Kanzlei aufbauen. Das müsste sie nicht, denn Leon hat genug Geld, um sie beide durchzubringen, aber sie will, wie wir alle, auf eigenen Füßen stehen und nicht von einem Mann abhängig sein. Abhängig sein. Das war unsere Mutter. Immer. Sie hatte nicht die Kraft, sich gegen ihren Mann durchzusetzen, sie bekam auch keinerlei Unterstützung. Sie hat aufgegeben und ist mit sechsunddreißig Jahren gestorben. Wir Kinder sind bald älter als sie und werden hoffentlich auch älter werden. Nach dem Studium habe ich eine Stelle in einer Tierklinik in Dagebüll angenommen, eine größere Praxis, und wir haben dort sehr viel zu tun. Trotzdem ist es so, dass ich einen Arbeitsvertrag habe, der mir eine 39-Stunden-Woche vertraglich zusichert, die ich auch einhalte. Nur in Notfällen mache ich Überstunden. Aber mein Chef, der hat nach Praxisschluss noch lange nicht Feierabend. Der muss Abrechnungen erstellen, Rechnungen schreiben und und

und. Natürlich hilft ihm seine Frau, aber eigentlich müsste er noch eine Angestellte einstellen. Aber das, so sagt er zumindest, würde sich nicht rechnen. Ich kann das nicht beurteilen, weil ich da wirklich keinen Einblick habe und mich auch noch nie damit beschäftigt habe. Ich kann zwar sagen, was eine Kastration bei einer Katze oder bei einem Hund kostet oder was eine Zahnsteinentfernung kostet, aber was am Ende dabei herauskommt, das kann ich nicht beurteilen. Wenig kann es auch nicht sein. Denn mein Chef fährt ein teures Auto und hat ein tolles Anwesen. Aber letztlich maße ich mir nicht an, zu sagen, das ist viel oder wenig. Das hat mich nie interessiert. Aber jetzt ... werde ich darüber nachdenken müssen und hoffe, dass die Helferinnen gut eingearbeitet sind und mich in den ersten Tagen unterstützen.

»Dann kann ich am Freitag in zwei Wochen anreisen?«

»Schon so schnell?«

»Es ... es muss nicht Leevke sein, ich kann Leeve fragen ...«

»Red keinen Unsinn, ich freue mich! Dann können wir am Wochenende zusammen essen. Ich frage Tanja, ob wir bei uns grillen können. Und Oles Vater wird uns bestimmt frischen Fisch fangen. O, das ist ja toll! Also bis bald, Schwesterherz!« Als ich aufgelegt habe, setze ich mich erst einmal hin und überlege noch einmal, ob das eine gute Idee ist. Nicht, dass ich die Vertretung für Witta übernehme, das ist es nicht. Es ist eher die Frage, ob es gut ist, wieder nach Amrum zu gehen, und zwar für längere Zeit. Seit ich achtzehn bin, war ich nie länger als ein paar Tage am Stück dort. Ich wollte damals nur eines, und das ist weg. Weg von meinem Vater, der ständig betrunken und gewalttätig war.

Weg von den Blicken und Vorurteilen der Inselbewohner, die von uns sowieso nur dachten, wir würden so werden wie er oder, in meinen Augen noch schlimmer, wir würden so werden wie Mama. Ich bin mir sicher, dass der eine oder andere sich schon oft gefragt hat, ob er mal mit mir schlafen darf, ob ich ihm für Geld die Beine breit mache. Das sind Vorurteile auch von meiner Seite, aber ich weiß, dass ich damit wahrscheinlich nicht ganz falsch liege. Aber unsere Eltern waren so und wir sind es alle nicht. Wir haben aufbegehrt und dieses Aufbegehren wurde uns als rebellisch ausgelegt, als unerzogene Rotzlöffel. Als Asoziale. Dass wir uns nicht alles haben gefallen lassen und auch widersprochen haben, das hat man uns immer vorgeworfen, obwohl es doch klar war, dass wir uns wehren würden. Alle haben uns prophezeit, dass aus uns nichts wird, dass wir Taugenichtse werden. Aber das sind wir nicht. Schon in jungen Jahren, als unsere Klassenkameraden noch keinen Handschlag getan haben, mussten wir Geld verdienen und haben gekellnert oder die Häuser der reichen Touristen geputzt. Aber das wurde uns nie als etwas Positives ausgelegt. Jedoch jeder Widerspruch, jedes Wort des Widerspruchs. Ich, nein wir, Leevke und ich, wir mussten weg von Amrum und wir hatten beide ein schlechtes Gewissen deswegen, denn Leeve, unser Bruder, der blieb. Er blieb bei uns Mädchen, bis wir achtzehn waren und die Schule beendet hatten und er blieb auch, bis Levka, unsere jüngste Schwester, die Schule beendet hatte und auf dem Festland, weg von Amrum, ihre Ausbildung machen konnte. Was in diesen vier Jahren alles passiert ist, wissen nur er und Levka. Manches können wir erahnen und manches haben sie uns auch erzählt. Aber sicher nicht alles. Levka und Leeve, sie sind sich sehr nah.

Leevke und ich, wir lieben Leeve als Bruder und Beschützer, aber für Levka ist er viel mehr, er ist Vater- und Muttterersatz zugleich. Lentje und ich können uns vorstellen, wie das Leben dort in den Jahren nach unserer Abreise war. Vater trinkt heute noch, laut Tanja, die die Praxis von Doc Hinneck übernommen hat, weniger, aber er trinkt immer noch viel zu viel und er wird daran sterben. Eigentlich, sagt sie, ist es ein Wunder, dass er überhaupt noch lebt. Aber so schlimm es auch klingt, ich fühle keinen Schmerz bei dem Gedanken daran. Was ich heute noch spüre, sind die Schläge ins Gesicht, in den Bauch, mit seiner Hand, mit der Faust und mit den Füßen. Ich hasse meinen Vater, um es klar zu sagen. Oft, aber nicht immer, gelang es Leeve, sich vor uns Mädchen zu stellen und ihn zu bändigen. Aber er war nicht immer da, und nicht nur einmal sind wir mit blauen Augen in die Schule gegangen oder zuhause geblieben, weil wir nicht wollten, dass uns das Jugendamt von dort wegholt. Uns trennt. Denn genau das wäre passiert. Wir hielten durch, hielten zusammen. Aber an dem Tag, als wir gehen durften, als wir volljährig wurden, hat Leeve uns weggeschickt, und wir sind gegangen, ohne zurückzublicken. Weggegangen und selten zurückgekehrt. Zu Leeve, ja, wir haben ihn besucht, aber es war uns immer lieber, wenn er zu uns kam. Erst als er dieses Anwesen kaufen konnte, sind wir öfter für ein paar Tage auf die Insel gekommen und seit er Tanja kennengelernt hat, auch gerne. Seit einem Jahr wohnt Leevke sogar dort. Mit Leon, den sie letztes Jahr auf Amrum kennengelernt hat. Wie vom Blitz getroffen, sagt sie heute noch. Irgendwie. Sie kann es nicht erklären, aber es war kein langsames Kennenlernen, es war ein Blitz. Ich muss immer lachen, wenn sie das erzählt, aber wer in ihre

Augen schaut und das Leuchten darin sieht, der weiß, dass sie nicht lügt. Dass es genau so war. Dass Leon damals fast blind war und jetzt ganz, das hat Leevke nie eine Sekunde gestört. So ist sie eben. Leon, der sehr reich ist, nutzte die Gelegenheit und kaufte das Johnsson Anwesen, das neben Leeves Anwesen liegt, und sie bauten das Haus in Rekordgeschwindigkeit mithilfe von Leeve und befreundeten Handwerkern um und machten es zu einer Oase. Es ist ein unglaublich schönes Haus geworden. Das neue Reetdach wird es für viele Jahre dicht und warm halten. Innen hat Leevke es im friesischen Stil eingerichtet. Leon hat ihr dabei freie Hand gelassen und gesagt, es müsse nur praktisch sein. Wie es aussieht, ist ihm schließlich egal, denn er kann es ja nicht sehen. Ein bisschen Galgenhumor, aber im Ton seiner Stimme war auch Schmerz zu vernehmen. Leevke ist Leevke. Ja, sie hat das Haus nach ihrem Geschmack eingerichtet, aber sie hat auch Leon mit einbezogen. Sie hat ihm Hölzer unter die Nase gehalten, damit er riechen konnte, ob ihm der Geruch gefällt oder nicht. So ist der Boden aus Zirbelholzdielen und auch die Wände wurden oft naturbelassen. Damit die Öle und Harze ihren Duft verströmen können. Um es deutlich zu sagen: Wenn man die Tür des Hauses öffnet, kommt sofort Ruhe auf. Der Anbau, von dem Leevke gesprochen hat, wird ihr eigenes kleines Büro und zwei Gästezimmer beherbergen. In einem davon werde ich diesen Sommer wohnen. Amrum. Ich ziehe für Wochen, nein, Monate zurück nach Amrum. Zwölf Jahre nachdem ich von dort weggegangen bin, mit dem Vorsatz, nie wieder einen Fuß auf die Insel zu setzen, zumindest nicht für längere Zeit.

MATTHYS SAATHOFF

Am frühen Morgen öffne ich die Schiebetür zur Terrasse und setze mich auf die Bank. Begrüße den Morgen mit einer Tasse Tee. Ich und Tee, das ist genauso verrückt wie die Tatsache, dass ich um diese Zeit einfach auf einer Bank sitze und auf die große Weide schaue, auf der meine Alpakas grasen. Wieder kann ich nur den Kopf schütteln. Wie sich mein Leben in so kurzer Zeit so komplett verändert hat. Als ich letztes Jahr nach Hause in meine Wohnung kam, fühlte ich mich so fehl am Platz. Ich kann gar nicht sagen, wie sehr. Mein Arzt hat mich hinausgeschickt. Ich sollte nicht in der Wohnung sitzen und wieder ins Grübeln kommen. Sondern in die Stadt gehen. Mich in ein Café setzen und einfach nichts tun. Ich hätte nie gedacht, dass mir diese einfache Aufgabe so schwerfallen würde. Aber die Vorstellung, mitten in der Woche, mitten am Tag, nur in die Stadt zu gehen und – nichts zu tun. Das war nicht leicht für mich. Dieser Anspruch an mich selbst, nichts tun zu müssen, das war nicht einfach. Aber ... man kann sich daran gewöhnen. Ich lächle, schaue meine Tiere an. King Charles, der Rudelführer und älteste meiner Alpakas, kommt neugierig näher und schaut mich an.

»Hallo Charles, gut geschlafen?« Wer hätte gedacht, dass ich einmal Tiere haben würde. Aber jetzt habe ich gleich sechs und es werden noch mehr. Queen Kleo ist trächtig und auch die Prinzen Arthur und Georg waren fleißig und haben dafür gesorgt, dass die Prinzessinnen Mira und Leila mir in den nächsten Wochen Baby-Alpakas schenken werden. Ich bin mir sicher, dass ich dann noch mehr Touristen hier haben werde. Das ist nur zum Teil gut. Ich werde in den nächsten Tagen einen zweiten Zaun bauen müssen, damit die Touristen den Tieren nicht zu nahe kommen und sie mit Dingen füttern, die den Alpakas nicht guttun. Oder ihre Anwesenheit die Tiere zu sehr stressen. Das ist auch nicht gut. Es sind Fluchttiere und sie könnten sich verletzen. Ja, diese Tiere sehen einfach süß aus, aber sie sind auch empfindliche Wesen. Das sind keine Tiere, mit denen man schmusen oder kuscheln kann. Mit der Zeit vielleicht, wenn sie Vertrauen gefasst haben, dann lassen sie sich auch anfassen, aber das braucht sehr viel Zeit und auch derjenige, der genau das machen will, sie anfassen, muss eine gewisse Ruhe ausstrahlen. Alpakas sind zwar Rudeltiere, aber sie mögen keine Berührungen, auch nicht von Artgenossen. Sie halten immer einen gewissen Abstand. Was ich unglaublich interessant fand, als ich anfing, mich damit zu beschäftigen, war, dass sie ihre Jungen nach der Geburt nicht ablecken und pflegen, wie es die meisten Tiere tun. Das liegt nicht daran, dass sie ihre Kinder nicht lieben, sondern sie haben einfach eine viel zu kurze Zunge dafür. Ich habe wirklich viel gelesen und könnte mittlerweile

Vorträge über diese Tiere halten. Ich weiß so viel über sie und trotzdem ist es so, dass diese Tiere eine unglaubliche Ruhe auf den Menschen ausstrahlen. Sie geben den Menschen ein gutes Gefühl. Auch mir. Sie haben sich sogar schon so sehr an mich gewöhnt, dass sie sich von mir streicheln lassen. Das freut mich ungemein. Denn es zeigt auch, dass ich selbst meine innere Ruhe wiedergefunden habe. Als ich an diesem Tag in diesem Café in Frankfurt saß, habe ich meinen Laptop aufgeklappt und mich gezwungen, nicht mein Depot zu checken, nicht nach den Aktienkursen zu schauen. Auch nicht nach irgendwelchen Anzeichen zu suchen, die einen Bullen- oder Bärenmarkt vorhersagen. Nein, ich habe mich gezwungen, etwas ganz anderes zu tun. Zuerst habe ich mich bei Wikipedia über Amrum informiert. Dann bin ich auf die Website der Insel gegangen und habe mich über die vielen Sehenswürdigkeiten und inselspezifischen Attraktionen informiert. Plötzlich öffnete sich ein Pop-up-Fenster und ein Alpaka schaute mich an. Ich weiß nicht, aber mit diesem Bild ist in mir eine Idee gewachsen. Wie in Trance und vielleicht auch wieder so, wie ich mit meinen Aktienkursen und Charts umgegangen bin, habe ich mich über Alpakas informiert. Habe mich eingearbeitet, habe zig Artikel quasi inhaliert. Habe in den Tagen danach auch Leute angeschrieben, die welche halten. Bin in den Tagen und Wochen nach meiner Entlassung aus der Klinik zu Höfen gefahren, die Alpakas halten. Habe mich vor Ort informiert und immer mehr ist diese Idee gewachsen. Es fehlte nur noch dieses Grundstück und dann kam dieser Anruf. Ungefähr zwei Monate nachdem ich aus der Klinik entlassen wurde, rief mich der Makler an, der mein Leben komplett verändert hat. Ich schließe meine Augen und lasse dieses Gespräch und das, was danach kam, noch einmal Revue passieren.

»Ich habe es gefunden.«

»Wirklich?«

»Genau das, was Sie wollten. Ein großes Grundstück mit Zugang zum Meer. Sie dürfen auch einen Unterstand für die Tiere bauen. Jetzt kommt das ABER, aber kein Haus darauf bauen. Es ist nur ein großes Grundstück, das an die Dünen grenzt und dahinter der Strand und das Meer. Was ich mit dem Bürgermeister aushandeln konnte, ist, wenn Sie ihren direkten Nachbarn überzeugen können, dass Sie den Strom von seinem Grundstück beziehen und Ihr Abwasser in seinen Schacht leiten dürfen, dann können Sie an der Grenze zu seinem Grundstück und seinem Haus ein Tiny-House aufstellen. Vorübergehend.«

»Das ist ja fantastisch.«

»Na ja, es gibt einen Haken.«

»Und der wäre?«

»Der Nachbar. Der Mann, dem das Nachbargrundstück gehört ... er ist nicht der Zeitgenosse, den man als Nachbar haben möchte. Ich will damit sagen, meine Bemühungen, ihn dazu zu überreden, waren bisher nicht von Erfolg gekrönt. Deshalb habe ich mich auch erst jetzt gemeldet, denn das Grundstück wurde uns kurz nach Ihrem Anruf angeboten, um einen Käufer zu finden. Da man dort nicht bauen darf und der Bürgermeister dies auch ausdrücklich und mir gegenüber klar zum Ausdruck gebracht hat, dass eine Genehmigung nicht einmal ansatzweise in Aussicht steht, war es für die Spekulanten und Investoren uninteressant. Dort darf nicht gebaut werden, weil im Untergrund ein Wasserlauf ist. Ich kann jetzt nicht genau sagen, was das letztendlich bedeutet, aber es ist eine Wiese, die zu den Dünen führt und ... Die Verkäufer versuchen trotzdem, einen horrenden Preis zu erzielen. Wenn man bedenkt, dass man dort nicht bauen darf, ein viel zu hoher Preis, aber ich dachte, es wäre trotzalledem interessant für Sie. Aber der Nachbar, ehrlich gesagt ... er ist ein ... unangenehmer Mensch und ich würde keine Nacht in dem Haus wohnen wollen, außerdem ... ich bin mir nicht sicher, ob es dort nicht auch Ratten und anderes Ungeziefer gibt. Ich bin ehrlich, das Grundstück, das ist toll. Aber wie gesagt, der Nachbar, eher nicht. Vielleicht ... könnten Sie versuchen, ihn zu überreden, Ihnen seins zu verkaufen. Wenn Sie ihm ein entsprechendes Angebot unterbreiten ... Doch ich glaube, das wird schwierig. Ich habe gehört, dass er vier Kinder hat. Sie zu übergehen, wäre nicht gerade etwas, was ich Ihnen raten würde, zumal der Sohn und eine Tochter auf der Insel leben und ein gewisses Ansehen unter den Insulanern haben. Man kennt Sie. Die Tochter ist, wie ich gehört habe, mit einem ziemlich gut situierten Mann zusammen. Vielleicht haben die beiden nach dem Tod des Vaters etwas anderes mit dem Grundstück vor. Aber das Verhältnis zum Vater ist zerrüttet, sagt der Bürgermeister. Trotzdem ... ich glaube, wenn Sie es ohne die Zustimmung der Kinder kaufen, würden Sie sich viele Probleme einhandeln, und Sie wollen ja auf der Insel leben, ankommen und dazugehören. Zumindest habe ich das so verstanden.«

»Das stimmt und ich verstehe, was Sie mir sagen wollen. Wenn das Grundstück so perfekt ist, dann kaufe ich es. Regeln Sie das. Ich fahre nach Amrum und rede mit dem Mann. Vielleicht kann ich ihn überreden, mir den Strom und den Kanal zu genehmigen. Mehr braucht es nicht. Ich brauche nicht viel. Danke für den Anruf. Jetzt kann ich loslegen und mich um das Tiny-House kümmern und ...« In mir macht sich eine gewisse Aufregung breit, die ich kenne. Die ich auch kenne, wenn ich einen Deal mit Aktien oder Optionen oder ... wenn ich an der Börse ein gutes Geschäft wittere oder abgeschlossen habe. Wenn wieder einmal hunderttausende Boni auf mein Konto geflossen sind.

»In dem Fall, Herr Saathoff, werde ich mit den Verkäufern alles in die Wege leiten.«

»Tun Sie das.« Als er aufgelegt hat ... Ich fühle mich euphorisch. Sehe mich in meiner Wohnung um und überlege, was ich mit ihr machen soll, wenn ich nach Amrum ziehe. Verkaufen wäre dumm. Also vermieten. *Aber an wen?* Völlig erschöpft und überfordert von den vielen Entscheidungen setze ich mich hin, atme ein paar Mal tief durch und tue das einzig Richtige. Ich rufe meine Psychologin an. Sie hat keine Zeit, erwartet mich aber morgen früh in der Klinik. Es ist gut, dass sie keine Zeit hat, denn jetzt muss ich selber herunterkommen, muss es schaffen, meine Nerven zu beruhigen, muss das Kreisen meiner Gedanken stoppen und deshalb schreibe ich einfach alles auf. Alles, was ich zu tun habe. Einen nach dem anderen, und das hilft mir.

Ich komme zu mir, öffne die Augen und schaue King Charles an, der mich immer noch ansieht: »Na, du? Das waren ganz schön anstrengende Wochen, bis ihr euch hier wohlgefühlt habt.« Ich lehne mich zurück und denke an diese erste Zeit hier auf Amrum.

Der erste Besuch bei meinem neuen Nachbarn war ernüchternd und damit meine ich nicht, dass er nüchtern war, denn das war er bestimmt nicht. Er war sturzbesoffen, um es deutlich zu sagen und ich verstand, was mein Makler damit meinte, dass er hier keine Nacht schlafen würde. Ich auch nicht. Trotzdem hatte ich mir einen Platz für das Tiny-House ausgesucht, das ich längst bestellt habe. Ich musste nur noch die letzten Maße durchgeben. Aber es war schon für die Produktion eingeplant. Die ersten Nächte schlief ich auf der Wiese meines Grundstücks in einem gemieteten Wohnmobil. Einem Van, der perfekt ausgestattet war. Und ich bekam einen ersten Eindruck davon, wie es ist, auf nur wenigen Quadratmetern zu leben. Als ich morgens aufwachte, die Schiebetür öffnete, das Fenster öffnete, über dem Bett, die Geräusche wahrnahm, die frische Luft um mich herum, da huschte ein Lächeln über mein Gesicht. Ich wusste einfach, dass alles perfekt werden würde. In der Hoffnung, dass mein Nachbar in den frühen Morgenstunden nüchtern oder zumindest nicht wieder völlig zugedröhnt war, wünschte ich ihm einen guten Morgen, auch wenn das mit einem Kasten Bier in der Hand völlig unvernünftig war.

»Was wollen Sie schon wieder?«, knurrte er mich an.

»Sie fragen, ob ich Strom von ihnen beziehen kann. Es würde ein Zähler eingebaut, Sie hätten keinen Aufwand damit, nur bräuchte ich diesen Zugang zum Stromkasten. Bitte, ich werde Sie nicht stören, ich werde Sie in Ruhe lassen. Doch ich möchte hier wohnen, aber ich brauche Ihre Zustimmung. Sie bekommen auch eine Entschädigung dafür, sagen Sie mir, was Sie dafür wollen.« Ein verschlagenes Lächeln huschte über sein Gesicht und mir war klar, dass ich meinen Stromanschluss und den Anschluss an die Kanalisation hatte.

»Tausend Euro im Monat.« Eine unverschämte Summe, und doch sagte ich unvermittelt: »Einverstanden.« Ich glaube, er war selbst überrascht, dass ich ja sagte, ohne zu handeln oder zu lachen, und dann konnte er nicht mehr zurück oder erhöhen. Aber meine Freiheit, die Chance, hier neu anzufangen, war und ist mir das wert. Ich hatte auch einen Vertrag dabei, ich habe die Zahl 1000 € in die Monatsmiete hineingeschrieben und ihm auch den Vertrag gegeben, plus Kugelschreiber.

»Das ist keine Falle?«

»Nein, lesen Sie durch, es stehen nur drei Sätze dort. Dass ich Ihr Stromnetz benutzen darf. Dass ich mein Abwasser in Ihren Kanal einleiten darf. Dass Sie dafür 1000 Euro im Monat Entschädigung erhalten. Mehr nicht.«

Der Bürgermeister fragte mich später ungläubig: »Wie haben Sie das geschafft?«

»Mit Charme?« Ich bin mir sicher, dass ich an diesem Tag zum ersten Mal wirklich bei den Insulanern ins Gespräch gekommen bin. Dass die Drähte des Inselfunks glühten, von dem ich damals noch nichts wusste. Heute, ja, da weiß ich, was das bedeutet, und ich versuche, so gut es geht, keine Aufmerksamkeit auf mich zu ziehen, um nicht Gesprächsthema zu sein. Es gelingt mir nicht immer, aber ...

»Es ist in Ordnung, King Charles, nicht wahr?«

Meine ersten Versuche, einen Unterstand für die Tiere zu bauen, wurden heftig diskutiert und belächelt. Ja, es war ... es war nicht einfach und die ersten Versuche sahen alles andere als gut aus und zu meinem Entsetzen stand ich am nächsten Morgen wieder am Anfang, denn das, was ich gebaut hatte, war über Nacht zusammengebrochen. Fassungslos stand ich vor den Trümmern meiner gestrigen Arbeit. Als ich alle Bretter wieder von den Nägeln befreit hatte und sie sortiert an die Stellen legte, wo ich sie brauchen würde, wurde ich überrascht. Plötzlich standen drei Männer neben mir.

»Moin.« Ich richtete mich auf.

»Moin?«

»Sieht aus, als bräuchten Sie Hilfe. Wir helfen Ihnen, Sie helfen uns. Sie wollen hier leben, wie wir gehört haben, also nicht nur Urlaub machen.« Fragend sah ich sie an. Wie die meisten Insulaner sind sie wortkarg, aber wenn sie reden, sind sie sehr direkt. Sagen, was sie zu sagen haben ... das soll nicht negativ klingen, aber sie sind etwas langsam. Beim Reden, nicht bei der Arbeit.

»Ich bin Lars. Leiter der DLRG-Station. Alle Einheimischen, und das sind Sie jetzt, weil Sie hier Land gekauft haben und sich hier dauerhaft niederlassen wollen, Tiere haben, sind in der DLRG. Entweder als passives Mitglied oder als aktives, aber Sie sind ja noch jung und gut in Form ... gut das vielleicht nicht ...« Ich konnte mir ein Grinsen nicht verkneifen.

»... aber Sie könnten aktives Mitglied werden. Wir können bei Sturm jede helfende Hand gebrauchen und in der Hochsaison, wenn es eng wird, hätten wir gerne ein Augenpaar mehr, das am Strand aufpasst.«

»Ich ...« Meine Chance. Das war mir klar. Meine Chance, Insulaner auf Probe zu werden. Also stimmte ich zu und mithilfe der drei Männer wurde der Unterstand schnell fertig und richtig gut. Während wir arbeiteten, fragte mich Pepper: »Werden Sie Schafe züchten?«

»Matthys. Ich heiße Matthys und nein, Alpakas.«

»Was?« Er erstarrte kurz, dann nahm er sein Handy und tippte etwas hinein. Pepper murmelte vor sich hin: »Das muss ich Meike schreiben.« Lars sah ihn nur an und lachte, erklärte mir, wer diese Dame ist: »Meike ist seine Freundin und die Besitzerin des besten Cafés hier auf der Insel. Du solltest es unbedingt in Nebel besuchen. Glaube mir, du wirst begeistert sein. Mein Tipp an dich: Kauf dir ein Fahrrad. Mit dem Auto hast du es hier auf der Insel ziemlich schwer. Zu viele Touristen, zu wenig Parkplätze und der Natur tut es auch gut.« Ich nickte nur. Pepper, Hannes und Lars sind am nächsten Tag auch wieder gekommen und haben mich natürlich ausgefragt. Die Sache mit dem Inselfunk habe ich erst ein paar Tage später mitbekommen, als ich einkaufen war und die Kassiererin mich an der Kasse mit Namen ansprach und fragte, wann denn die Alpakas kämen. Im Fahrradgeschäft fragte man mich, wann denn das Tiny-House geliefert würde und als ich später nach Nebel fuhr, um in diesem Café einen der angepriesenen Kuchen zu essen, wurde es noch interessanter, als Meike meinte, dass ich mit dem Fahrrad eine gute Wahl getroffen hätte. Da konnte ich mir die Frage nicht verkneifen, woher sie das denn wisse. Schließlich hätte ich das Rad erst vor wenigen Stunden gekauft. Da hat sie nur gelacht und gesagt: »Inselfunk, Matthys, das ist der berühmte Inselfunk. Haben dir deine Großeltern nie davon erzählt?« Ich schaute sie verdutzt an.

»Das weißt du auch?«

»Ich und alle anderen wissen, dass du Matthys Saathoff bist.«

»Leider kann ich mich kaum noch an sie erinnern. Ich war noch zu klein, als sie starben.« Sie stellte eine Friesentorte vor mich hin und eine Tasse Friesentee – keinen Kaffee.

»Das hast du jetzt aber nicht gewusst, sonst wirst du mir unheimlich.«

»Was?«

»Dass ich nur noch Tee trinke.« Sie lacht und sagt: »Tatsächlich doch.« Ich schüttelte den Kopf.

»Du hast im Supermarkt Tee gekauft und die Verkäuferin, also Hilda, gefragt, welchen sie empfehlen würde.« Wieder konnte ich nur den Kopf schütteln, aber ja, auch der Tee gehört zu meinem neuen Leben. Gesünder zu leben und weniger Kaffee zu trinken. Den gönne ich mir nur noch zu besonderen Anlässen. Später setzte sie sich zu mir und redete mit mir oder man könnte auch sagen, sie fragte mich aus. Aber auf eine nette Art. Ich habe ihr sicher viel zu viel erzählt, aber ich dachte mir, lieber einmal, als dass Gerüchte aufkommen, die nicht stimmen. Sie erfuhr von mir auch, dass meine Eltern schon lange tot sind. Dass sie beide nicht das Glück hatten, ein langes Leben zu führen und auch, dass ich einen Zusammenbruch hatte. Natürlich erzählte ich ihr nicht alle Einzelheiten, aber ein paar Dinge wird sie sich schon zusammengereimt haben. Zum Beispiel, dass ich genug Geld habe. Denn das Grundstück war kein Schnäppchen.

»Ich erzähle es einfach einmal, es wird sowieso herauskommen und durch den, wie hast du es genannt, Inselfunk gehen.« Sie lachte und sagte: »Wenigstens hast du Humor und die Insulaner schon verstanden. Willkommen daheim auf der Insel, Matthys Saathoff.« Dieses Willkommen daheim hinterließ bei mir ein sehr gutes Gefühl. Auch wenn nicht alles glattlief und ich tatsächlich einige Wochen im Camper wohnen durfte. Die Lieferung des Tiny-House verzögerte sich um vier Wochen. Es kam sogar erst nach den Alpakas. Beides war eine Attraktion. Die Ankunft des Tiny-House, das auf einem LKW ankam und schon auf der Fähre viele Schaulustige anlockte. Pepper, der auf der Fähre arbeitet, hatte auch an allen wichtigen Stellen Bescheid gegeben und so waren viele Zuschauer da, als das Haus mit einem großen Kran an seinen Platz gesetzt wurde. Mein erstes eigenes Haus. Und nach der Enge im Wohnmobil fühlte ich mich auf den 9 × 2,5 Metern, die so ein Tiny-House haben kann, wie in einer Villa. Ich habe mich für die größte Variante entschieden. Das Bett steht auf einer Galerie und ich habe mir den Luxus eines Schiebedachs gegönnt. Außerdem kann ich eine Seite des Hauses noch um 50 Zentimeter verlängern, sodass die Gesamtgröße des Hauses ohne Terrasse knapp 35 Quadratmeter beträgt. Das reicht, wenn man alleine wohnt. Beim Bau der Terrasse haben mir wieder Lars, Hannes und Pepper geholfen. Leeve, der auf Amrum eine Dachdeckerfirma hat und sich auf Reetdächer spezialisiert hat, war auch einen Tag hier. Er schaute immer wieder auf das andere Grundstück und ich hatte das Gefühl, dass er sich nicht wohlfühlte. Nach einer Weile klärte er mich auf: »Dein Nachbar ist mein Vater.« Mehr war nicht nötig. Der Inselfunk in Form von Meike hat mir schon einiges über ihn, also Leeves Vater, erzählt. Leeve ist ein netter Kerl und hat nicht viel mit dem schlecht gelaunten und betrunkenen Mann gemeinsam. Jetzt konnte ich mir vorstellen, wie schwer es gewesen sein musste, mit einem Alkoholiker aufzuwachsen. Denn ich habe längst mitbekommen, dass er schon immer so war, wie er jetzt ist. Aber die eigentliche Attraktion im Herbst war die Ankunft der Alpakas. Ich weiß nicht, wie viele Leute da waren, und ich kann gar nicht sagen, wie aufgeregt ich war. Sehr aufgeregt.

Es war ... aufregend. Ich wiederhole mich. Die Tiere versammelten sich in einer Ecke der Wiese, weit weg von den Menschen, und standen einfach stundenlang da. Ich hatte mir schon Sorgen um sie gemacht, aber als es dunkel wurde und die vielen Schaulustigen verschwunden waren, wurden sie neugierig und haben sich ihr neues Zuhause angesehen und erkundet. Auch der Unterstand wurde inspiziert. Heute, fast ein halbes Jahr später, fühlen sie sich wohl. Zumindest sagt das Witta, die Tierärztin, die ich immer mal wieder angerufen habe, wenn ich nicht weiter wusste. Oder die Tiere ihre Hilfe brauchten, was nicht selten der Fall war. Zum Glück hat sie mir in den ersten Wochen noch ein paar Tipps gegeben. Auch wenn ich dachte, ich wüsste wirklich alles über die Tiere, gibt es doch noch viele Dinge, die ich nicht weiß.

Der Tag beginnt herrlich und ich genieße die Ruhe. Ein paar Radfahrer radeln vorbei, halten an und schauen sich die Tiere an. Das macht mir wieder bewusst, dass ich mich um den zweiten Innenzaun kümmern muss. Nicht genervt, nicht müde, nicht ohne Lust auf körperliche Betätigung stehe ich auf und gehe zum Unterstand. Dort habe ich bereits die Zaunpfähle verstaut. Auch den großen Vorschlaghammer und weiteres Werkzeug habe ich in einer Kiste untergebracht. Schnell fange ich an, die Pfähle tief in den sandigen Boden zu treiben. Anschließend bringe ich oben und unten Querlatten an. Damit sich die Tiere nicht an den Drähten verletzen können. Zaungäste können die Tiere nun aus sicherer Entfernung beobachten. Ein liebevolles, aber falsches Füttern ist so nicht möglich, auch kein Streicheln. Aber man kann die Tiere beobachten und sich an ihnen erfreuen. Nach getaner Arbeit, es ist weit nach Mittag, beschließe ich, Feierabend zu machen. Ich dusche, ziehe mich um und setze mich wieder auf die Terrasse. Mir ist bewusst, dass vor wenigen Minuten die Börse in den USA geöffnet hat. Diese Zeiten stecken mir noch in den Knochen und doch schaffe ich es, in der Zwischenzeit nicht unruhig auf meinen Laptop zu starren, sondern gemütlich ein Bier zu genießen. Wenn mich meine Kollegen sehen könnten. Ich glaube, sie würden mich nicht wiedererkennen. Ich habe gebräunte Haut. Längere Haare, aufgehellt von der Seeluft und Sonne. Ich lasse mir seit Monaten einen Dreitagebart wachsen und rasiere ihn meistens auch nicht ganz ab. Glatt sieht man mich nur noch selten. Das gefällt mir. Was ich in den letzten Monaten wenig bis gar nicht hatte, war weibliche Gesellschaft. Wahrscheinlich lag es in den ersten Monaten an den Medikamenten, die meine Lust dämpften, oder auch an dem fehlendem Bedürfnis, mich auf diese Weise zu beruhigen, meine Nerven zu beruhigen. Sie sind jetzt ruhig. Diese Art von Sex brauche ich nicht mehr. Und das andere, Zärtlichkeit und Nähe ... Bisher gab es hier keine Frau, die mich interessiert hätte, oder anders gesagt, ich habe auch nicht bewusst danach gesucht. Frauen gibt es hier auf der Insel genug. Angefangen von den Touristinnen bis hin zu den Insulanerinnen. Aber wie gesagt, bisher war mein Bedürfnis danach noch nicht da. Was ich genieße, sind meine Tiere und lange Fahrradtouren. Ich glaube, in diesem Frühjahr bin ich wirklich jede Straße abgefahren. Die Insel ist nicht so groß, dass man das nicht schaffen könnte, und ich wollte meine neue Heimat kennenlernen. Mitreden können. War im Naturschutzgebiet. Habe die Seehundbänke besucht und inzwischen weiß ich, wo es den besten frischen Fisch gibt. Wo ich lecker essen kann und von welchen Orten ich mich fernhalten sollte. Was ich noch nicht erlebt habe, ist der Sommer. Die Touristenmassen, die laut Meike wie Heuschrecken über die Insel hereinbrechen werden. Fluch und Segen zugleich, meint sie. Sie liebt den Trubel auf der Insel, die Gäste bringen natürlich auch Geld. Und alle freuen sich, wenn der Tross wieder verschwindet und die Insel aufatmen kann. Das wird interessant. Meine Tiere jedenfalls sind jetzt wenigstens durch diesen zusätzlichen Zaun geschützt. Mir ist auch klar, dass es leider viele unvernünftige Menschen gibt, die meinen, sich alles erlauben zu können, aber da ich mein Haus auf der Wiese habe und oft hier sein werde, hoffe ich, dass alles gut geht. Etwas enttäuscht bin ich, dass sich noch keiner meiner sogenannten Freunde gemeldet hat. Aber sie sind immer noch in diesem Hamsterrad. Haben meinen Platz eingenommen und versuchen, viel Geld und Anerkennung zu bekommen. Wenn ich ehrlich bin ... ich bin unglaublich froh, dass ich diesen Zusammenbruch hatte. Nur ist mir auch klar, dass mich irgendwann vielleicht eine andere Unruhe packen wird. Dass mir das Nichtstun zu wenig wird. Aber im Moment geht es mir fantastisch. Nach Sonnenuntergang lege ich mich ins Bett. Da das Wetter stabil ist, lasse ich das Dachfenster offen und schlafe mit den Geräuschen der Insel, dem Rauschen des Meeres und des Windes tief und fest ein. Mitten in der Nacht wache ich auf. Etwas stimmt nicht. Ich öffne die Augen. Es ist dunkel, die Sterne sind zu sehen und doch hat mich etwas geweckt, das nicht stimmt. Dann rieche ich Rauch und gleich darauf höre ich die ängstlichen Schreie der Alpakas. King Charles und Kleos Rufe hallen laut zu mir. Schnell stehe ich auf und will runter, doch dann ... es brennt! Mein Tiny-House, es brennt! Ich renne so schnell ich kann nach unten und versuche den

Brandherd ausfindig zu machen, doch schnell wird mir klar, dass die komplette Rückwand Feuer gefangen hat. Es ist die Seite zum Nachbarhaus, die Leeves Vater zugewandt ist. So schnell wie möglich packe ich meinen Laptop und die drei Ordner mit wichtigen Unterlagen zusammen und renne nach draußen. Schnell werfe ich alles in den Pickup, den ich gekauft habe und drehe mich um. Schaue zum Haus von Leenke Boger: »Um Gottes willen!« Erst jetzt wird mir das Ausmaß des Geschehens bewusst. Nehme mein Handy und rufe die Feuerwehr an.

»Matthys Saathoff. Es brennt! Das Haus meines Nachbarn Leenke Boger steht in Flammen und mein Tiny-House brennt auch. Kommt schnell. Es ist schlimm! Ich ... ich werde versuchen, zu Leenke Boger vorzudringen, ...«

»Nein, bringen Sie sich nicht in Gefahr, wir sind in fünf Minuten da.« Ich renne zurück und um mein Tiny-House herum und überlege, ob es da drinnen noch etwas zu retten gibt, aber ich ... obwohl ich weiß, dass es dumm ist, renne ich noch einmal hinein und werfe wahllos ein paar Kleidungsstücke und Dinge, die mir wichtig sind, aus dem Fenster. Die Hitze ist fast unerträglich, aber noch schlimmer ist der Rauch. Hustend renne ich nach draußen zu Leenke Boger rüber. Aber hier ist nichts mehr zu machen. Das Haus steht in Flammen. Ohne Schutzausrüstung kann ich nicht hinein. Ich rufe mehrmals nach Leenke, aber ich höre nichts. Hoffentlich ist er nicht im Haus. Denn, wenn ... dann ... In der Ferne höre ich die Feuerwehr. Die zügig da ist. Ich winke ihnen zu. Keine Ahnung, wer der Kommandant ist. Ich sage nur: »Ich weiß nicht, ob er noch drin ist. Er hat auf mein Rufen nicht reagiert. Sie müssen ...«

»Werden wir.« Er gibt einen Befehl nach dem anderen

und wenige Minuten später heißt es: Wasser marsch. Ein Strahl trifft mein Tiny-House, aber ich sage den Feuerwehrleuten, dass sie sich auf das Haus konzentrieren sollen, es ist sowieso verloren und nicht so wichtig. Sie sollen sich auf Leenke Bogers Anwesen konzentrieren.

»Das Tiny-House ist Schrott. Helft ihm. Tut alles, um ihn da herauszuholen.« Ich drehe mich um und gehe. Helfen ist sowieso nicht wirklich möglich. Da will ich lieber nicht im Weg stehen. Ich gehe auf die Weide, schaue nach den Tieren, die nicht so gut mit Stress umgehen können und der Geruch von Rauch, von Feuer, das Stress verursacht. Und dann die vielen Lichter, der Lärm. Ich mache mir vor allem Sorgen um meine trächtigen Tiere. Sie stehen in einer Ecke der Weide, weit weg vom Ort des Geschehens, des Schreckens. Irgendwie versuche ich, das Geschehene nicht an mich heranzulassen. Dass mein neues Zuhause brennt. Und nicht nur das, sondern auch, dass ein Mensch in Gefahr ist. Die Alpakas stehen dicht beieinander, was für diese Tiere sehr ungewöhnlich ist und mir zeigt, wie gestresst sie sind. Berührungen, auch von Artgenossen, sind bei diesen Tieren selten.

»Beruhigt euch, meine Lieben. Euch ist nichts passiert.« Ich beobachte sie ein wenig, ob sie sich vielleicht verletzt haben, aber ich sehe nichts. Sie sehen gesund aus, auch wenn ich an ihrer Atmung merke, wie gestresst sie sind. Die Polizei fährt mit Blaulicht die Straße entlang auf uns zu. Ich schaue auf das Feuer, auf Leenkes Hof, dann wieder auf die Tiere. Ich beschließe, wieder zu den anderen zu gehen. Die Polizei wird sicher Fragen an mich haben. Kaum bin ich da, fährt mit etwas überhöhter Geschwindigkeit Leeve näher, hält an und springt, gefolgt von seiner Frau, aus dem Auto und auf den Hof. Redet hektisch auf den Feuerwehrkommandanten ein. Er hält die Hand seiner Frau, die ich noch nicht persönlich kenne. Für mich sieht es so aus, als ob er auch bei ihr Halt sucht. Inzwischen weiß ich, dass die Kinder und der Vater, also Leenke, kein gutes Verhältnis haben, aber letztendlich, denke ich, ist es der Vater und er wird immer noch vermisst. Leeve schaut zum Tiny-House und sieht mich stehen. Spricht kurz mit Tanja und tritt mit ihr auf mich zu.

»Es tut mir leid.«

»Was tut dir leid, Leeve?«

»Dein Haus, es sieht so aus, als ob das Feuer von Vaters Haus ausging und deines in Mitleidenschaft gezogen wurde.«

»Leeve, es ist, wie du gesagt hast, ein Haus. Mir ist nichts passiert, meine Wertsachen sind draußen im Auto. Den Tieren geht es gut. Weißt du etwas von einem Vater?« Er schüttelt den Kopf, wendet ihn dem brennenden Haus zu.

»Nein. Aber ... wenn er da drin ist, wird es nicht gut ausgehen.« In diesem Moment kommen zwei Feuerwehrmänner, die mit Artenschutz in das Haus eingedrungen sind, wieder heraus, nehmen ihre Masken ab, sprechen mit dem Kommandanten und sehen Leeve dort stehen. Mitten im Gespräch bleiben sie stehen, und selbst im Scheinwerferlicht kann jeder erkennen, was ihr Gesichtsausdruck bedeutet. Leeve flüstert zu Tanja: »Du und Doc Hinneck, ihr hattet beide Unrecht mit eurer Prognose. Nicht die Leber hat ihn das Leben gekostet, sondern das Feuer. Er ist direkt in die Hölle gefahren, ohne Umweg über den Himmel.« Ich glaube, er wollte nicht, dass ich diese Worte höre, aber sie sagen viel über den Mann, der in diesem Haus gestorben ist aus. Sehr viel.

»Mein Beileid, Leeve.« Er dreht sich wieder zu mir um. Nickt und geht auf die Feuerwehrleute zu. An der Hand hält er seine Frau, die nicht von seiner Seite weicht. Ein paar Schritte folge ich den beiden und höre, was der Feuerwehrkommandant zu Leeve und dem Polizisten sagt, der bei ihm steht.

»Ist er tot?«

»Ja, Leeve. Mein Beileid. Fiete und Enno haben ihn im Wohnzimmer auf der Couch liegend gefunden. Der Gutachter wird dir irgendwann sagen können, was passiert ist, aber Fiete meint, es sei ziemlich klar. Eine Zigarette hat einen Schwelbrand verursacht. Er muss eingeschlafen sein und den Rauch eingeatmet haben, der ihn erstickte. Er war sicher schon tot, als das Feuer ausbrach. Aber wie gesagt, das sind Fietes Vermutungen. Du weißt jedoch selbst, dass er genug Erfahrung mit solchen Dingen hat. Nach seinem Jahr in den USA, wo er bei der Feuerwehr gearbeitet hat, kennt er sich aus.« Leeve nickt und wendet sich den Polizisten zu.

»Wie geht es jetzt weiter?«

»Die Staatsanwaltschaft wird die Ermittlungen aufnehmen. Sachverständige werden hinzugezogen, und sobald die Feuerwehr gelöscht und die Ruine freigegeben hat, werden sie sich dort umsehen und auch deinen Vater bergen.« Er dreht sich zu mir um.

»Sie sollten auch Ihre Versicherung anrufen. Die wird die Versicherung von Leenke Boger in Regress nehmen.« Leeve murmelt leise: »Wenn er eine gehabt hat.« Der Polizist redet weiter.

»Wo werden Sie unterkommen?«

»Das weiß ich noch nicht, aber ich werde mir etwas einfallen lassen. Heute Nacht werde ich sowieso nicht schlafen können und morgen früh gehe ich gleich zur Touristeninformation in Wittdün und frage, wo ich unterkommen kann. Zur Not miete ich mir wieder ein Wohnmobil. Das wird schon gehen. Machen Sie sich keine Sorgen um mich.« Mit diesen Worten will ich gehen, aber Leeve fragt mich noch nach den Tieren.

»Geht es deinen Tieren gut?«

»Ich denke ja, so genau kann ich das noch nicht sagen, weil es zu dunkel ist. Auf jeden Fall sind sie ziemlich gestresst. Rauchgeruch, den mögen sie nicht. Kein Tier. Weil, Rauch bedeutet Gefahr.«

»Auch kein Mensch mag dies«, fügt Tanja hinzu.

»Stimmt.«

»Komm Leeve, wir müssen zu Leevke und ihr Bescheid sagen und auch deine anderen Schwestern anrufen. Sie müssen es von dir erfahren und nicht von einem Fremden. Wir können hier nichts mehr tun. Morgen, wenn es hell ist, kommen wir zurück.« Er nickt und sagt: »Du hast recht.« Beide verlassen den Unglücksort, steigen in ihr Auto und fahren los. In dieser Nacht finde ich keine Ruhe.

Als am nächsten Morgen die Sonne aufgeht, wird das ganze Ausmaß sichtbar. Das Haus ist eine Brandruine und von meinem Tiny-House ist nur noch das Grundgerüst übrig. Ich schaue es mir lange an und kann erst jetzt so richtig begreifen, was das bedeutet. Interessanterweise kommen die

Tiere sogar auf mich zu. Sie halten zwar Abstand zum Brandherd, aber sie kommen auf mich zu.

»Na King Charles, das sieht aber nicht so toll aus, oder? Ich habe heute viel zu tun, aber euch geht es doch gut, oder? Ich muss jetzt ein paar Telefonate führen und mich nach einer Bleibe umsehen. Du bist heute derjenige, der sich um die Herde kümmern muss.« Ich muss lachen, obwohl mir nicht zum Lachen zumute ist. Nach einigen Telefonaten, zuerst mit meiner Versicherung und dann noch einmal mit der Polizei, ob mein »Tatort« frei ist und der Versicherungsmann auch alles aufnehmen darf, überlege ich, mit dem Fahrrad nach Wittdün zu fahren und muss feststellen, dass dieses Vorhaben nicht möglich ist. Mein Rad stand an der Seite des Tiny-Houses und hat sich auch verabschiedet.

»Na toll. In dem Fall muss ich wohl mit dem Pick-up nach Wittdün fahren und bei Oskar im Laden nach einem Ersatzrad schauen.« Ich spreche laut, aber zu niemandem bestimmten. Steige ins Auto und fahre los. Als ich bei der Touristeninformation ankomme, weiß ich wieder, was Inselfunk bedeutet. Ich muss lächeln, denn irgendwie fühlt es sich auch gut an, als jemand angesehen zu werden, um den man sich auch kümmern muss. Rieke schaut auf und entschuldigt sich bei ihrem Gesprächspartner. Sie hält ihre Hand über die Muschel und sagt zu mir. »Moin, Matthys, warte mal kurz, ich habe schon gehört, was passiert ist und habe etwas für dich gefunden.« Ich bin nicht einmal überrascht, dass sie von dem Brand weiß, denn es hat sich bestimmt wie ein Lauffeuer herumgesprochen. Nein, es ist die Tatsache, dass sie bereits nach einer Unterkunft für mich gesucht hat. Zwei Minuten später ist sie fertig.

»Es tut mir leid, Matthys, sind alle Tiere in Ordnung?«

»Sind sie. Etwas erschrocken, aber das wird sich legen, wenn der Rauchgeruch verschwunden ist. Aber sie haben sich nicht verletzt und die tragenden Tiere zeigen auch keine Anzeichen, dass sie ihre Crias verlieren könnten. Aber die Sache mit Leenke Boger ist schlimm.«

»Ihre was?« Ich muss grinsen.

»Ihre Babys. Cria ist der Fachbegriff dafür, wenn sie auf die Welt kommen sind sie meine kleinen Prinzen und Prinzessinnen. Ich weiß nicht, warum ich alle Alpakas geadelt habe. Aber King Charles wurde von seinem Züchter so genannt und das habe ich übernommen.« Sie lacht.

»Nun, wir hier freuen uns, dass die Insel endlich einen König hat, auch wenn unser Bürgermeister diesen Titel sicher gerne für sich beanspruchen würde.« Wieder muss ich lachen.

»Das mit Leenke ist schlimm, aber nimm es dir nicht zu sehr zu Herzen. Er ... es war absehbar, so hart es klingt, dass er diese Welt verlässt. Wir haben alle damit gerechnet, dass es viel früher passiert. Aber so, glaube ich, haben es ihm selbst seine Kinder nicht gewünscht. Kennst du die Niemeyer Kate?« Wechselt sie das Thema.

»Nein.«

»Sie steht direkt neben dem Grundstück von Leeve Boger. Bei der Jugendherberge nördlich von Norddorf. Also nicht so weit weg von der Herde. Mit dem Fahrrad sind es ein paar Kilometer und mit dem Auto nur wenige Minuten. Leon Kaser hatte es letztes Jahr für die Saison gemietet, bis er und Leevke umgezogen sind. Die Besitzer fanden es sehr angenehm, nur einen Mieter zu haben, und haben beschlossen, dieses Jahr gar nicht zu vermieten, sondern offenzulassen, wann sie die Insel besuchen werden. Ich habe sie heute

Morgen angerufen und ihnen erklärt, dass es sozusagen einen Notfall gibt und ihnen von dir erzählt. Und dass du der Enkel von Matta und Owe Saathoff bist. Sie kannten sie. Ich habe ihnen erzählt, dass du vor einem halben Jahr hierhergezogen bist und auch, dass deine Unterkunft heute Nacht abgebrannt ist. Sie haben sofort zugesagt, dass du einziehen kannst.«

»Wirklich?«

»Ja, aber ich warne dich ...«

»Was meinst du?«

»Nun, ich denke, ich habe eine Verantwortung gegenüber meinen Kunden und du bist jetzt einer von ihnen.« Ich hebe die Augenbraue und frage: »Rieke?«

»Die Niemeyerkate oder besser gesagt der dazugehörige Strandkorb ist verzaubert.« Jetzt runzele ich bestimmt die Stirn und sehe sie noch fragender an.

»Wie bitte?« Sie lacht.

»Schau nicht so ungläubig. Es kann passieren, dass du die Liebe deines Lebens findest. Frag Tanja oder Leon. Und es gibt noch ein paar andere, die in Strandkorb sieben ihr Glück gefunden haben. Leeve gehört auch dazu.« Mein Gesichtsausdruck muss entsprechend sein. Sie spricht weiter: »Ja, ich sehe schon ein Ungläubiger. Strandkorb sieben wird es nicht leicht haben. Wir sprechen uns im Herbst wieder.« Kopfschüttelnd, aber auch lachend frage ich: »Also in diese Kate kann ich vorübergehend einziehen?«

»Genau. Hier unterschreiben. Die Schlüssel sind hier. Die Adresse steht auf dem Schlüsselanhänger. Ich muss, telefonieren.« Mit diesen Worten bin ich so gut wie entlassen. Gehe direkt zu Oskar, der, wie sollte es anders sein, schon ein Rad hat, das meinem zerstörten Rad ziemlich ähnlich sieht.

»Moin, Matthys. Habe schon gehört, was passiert ist und dachte, du kommst sicher vorbei. Es ist genau dasselbe, dass du hattest. Nur die Farbe ist ein bisschen anders, aber ich hoffe, sie gefällt dir. Sonst ist alles gleich.«

»Du bist ein Genie. Danke, Oskar und natürlich nehme ich es.« Ich zücke meine Karte, bezahle und lade es auf den Pick-up. Fahre damit direkt nach Norddorf und sehe schon bald die einzelnen Häuser, die am Ende des Dorfes stehen. Leeves Anwesen mit seiner Werkstatt und eine Straße weiter muss die Einfahrt zu Niemeyers Kate sein. Jetzt erinnere ich mich an sie. Sie ist hübsch. Auf einer meiner Radtouren ist sie mir schon einmal aufgefallen. Etwas weiter liegt das Naturkundezentrum und von dort aus geht es nur noch zu Fuß über Bohlenwege durch die Dünen bis zum letzten Zipfel der Insel. Streng geschützt, was auch gut so ist. Am Ende steht ein kleiner Aussichtsturm, auf dem ich es mir schon ein paar Mal gemütlich gemacht habe. Zurück bin ich dann am Strand entlang gelaufen. Dort habe ich auch Leeve mit seinem Hund Lenny getroffen. Ein Golden Retriever. Der ist ein sehr lustiger Zeitgenosse. Neulich habe ich sogar Leon getroffen und bin ein Stück mit ihm gegangen. Er war mit seinem jungen Hund Lucky unterwegs. Allein, nur die beiden, ausgerüstet mit seinem Stock. Es war ein nettes Gespräch. Ich habe erfahren, dass er erst vor etwas mehr als einem Jahr erfahren hat, dass er erblinden wird und dass die Krankheit sehr schnell voranschreitet. Dass er sein Leben völlig umkrempeln musste. Er durchlebte ein ähnliches Schicksal wie ich, nur auf eine andere, noch brutalere Weise. Ich will mir gar nicht vorstellen, wie es ist, sein Augenlicht zu verlieren, nicht mehr sehen zu können.

»Aber du kommst, und das meine ich wirklich mit absolutem Respekt, sehr gut damit klar, dass du nicht siehst, und du bist mutig.«

»Erzähl Leevke bloß nicht, dass wir uns hier getroffen haben.« Ich sah ihn fragend an, was er nicht sehen konnte, also fragte ich.

»Sie hätte Bedenken?«

»Ich glaube nicht, aber sie würde sich trotzdem Sorgen machen. Aber wenn ich mit Lucky zusammen bin, fühle ich mich sicher. Kannst du mir einen Gefallen tun?«

»Klar.« Er greift nach seinem Handy.

»Mach ein Foto von dir. Dann kann ich dich in meinem Bildspeicher ablegen und wenn wir uns das nächste Mal begegnen, sagt mir dieses geniale Ding an meiner Brille, dass du vor mir stehst.«

»Wirklich?«

»Ja, es gibt sehr gute Hilfsmittel für Blinde und Sehbehinderte und das wusste ich auch nicht. Das Teil ist wirklich toll. Ich habe auch viele Lebensmittel gespeichert und wenn ich im Supermarkt bin, erkennt es viele Sachen. Es liest mir im Restaurant die Speisekarte vor oder auch mal ein Schild oder die Zeitung. Letztere lasse ich mir aber am PC vorlesen, das ist meistens geschickter.« Eine gute Stunde haben wir uns an diesem Nachmittag unterhalten und ich habe ihm auch erzählt, warum ich auf die Insel gekommen bin.

»Solche Veränderungen können einem einen ganz anderen Blick auf das Leben geben. Ich kann dir sagen, dass ich nicht nur einmal darüber nachgedacht habe, den Moment, in dem es für immer dunkel wird, selbst zu bestimmen. Aber auf eine andere Art. Ich hatte das Glück, einen guten Freund an meiner Seite zu haben, der mir die Leviten las, und bald trat Leevke wie durch ein Wunder in mein Leben. Es ist immer noch nicht leicht für mich, und es gibt Tage, an denen ich mir schwer tue. Wenn ich daran denke, dass ich, sollten wir Kinder haben, sie nie sehen werde ... das sind Momente, die mir zu schaffen machen.«

»Das kann ich verstehen.« Am Parkplatz angekommen, verabschiedet sich Leon von mir und geht langsam den Strand entlang. An seiner Seite dieser Hund, den er Lucky nennt. Ich habe ihn noch beobachtet, als er auf einen Strandkorb traf, er hat sich hingesetzt und seinen Hund laufen und spielen lassen. Ich bin gegangen, weil ich nicht wollte, dass er merkt, dass er beobachtet oder angestarrt wird. Ich vermute, das wäre ihm sehr unangenehm, mir würde es genauso gehen.

Ich bin da. Diese Kate sieht wirklich gemütlich aus. Das Reetdach reicht auf einer Seite fast bis zum Boden und um das Gebäude herum blühen viele Blumen. Rosenbüsche sind zu sehen, aber auch Malvenbüsche treiben schon Knospen. Ich weiß nicht, wer sich um diesen üppigen Garten kümmert. Ich werde Rieke fragen müssen, ob das in meinen Aufgabenbereich fällt, denn wenn ja, wird mir die Arbeit nicht ausgehen. Ich schließe auf und fühle mich sofort wohl. Die Kate ist gemütlich im friesischen Stil eingerichtet. Im Wohnbereich, der aus Küche, Ess- und Wohnzimmer besteht, führt eine große Tür hinaus auf eine Terrasse. Mein Blick wandert direkt auf die Dünen und das Meer. Sie ist mit Tisch und Bank ausgestattet und an der windzugewandten Seite mit einem gläsernen Windschutz versehen. Hier kann man lange die Abende genießen, bevor es zu kühl wird und man fröstelt. Auf dem Küchentisch liegt ein Zettel, auf dem steht, wo der Sicherungskasten ist und wie man den Kühlschrank einschaltet. Und auch, dass der Strandkorb mit der Nummer sieben, von dem Rieke gesprochen hat, für die Zeit, in der ich hier bin, mir gehört. Alles in allem sieht es hier super aus und ich werde mich sicher wohlfühlen, auch wenn ich meine Alpakas nicht vor mir habe. Mir kommt in den Sinn, dass ich mich so schnell wie möglich auch mit der Firma in Verbindung setzen muss, die mir ein Ersatz-Tiny-House liefern muss. Die werden nicht sehr erfreut sein. Oder doch. Ein Telefonat später bin ich etwas frustriert. Sieben Monate soll es dauern, bis der Ersatz da ist. Dass das für mich nicht akzeptabel ist, sollte klar sein und das habe ich den Herren auch deutlich gemacht. Natürlich verstehe ich, dass die anderen auch auf ihr Haus warten, aber mein Haus ist einfach abgebrannt. Sie werden sich melden. Vermutlich werde ich einen extremen Aufschlag zahlen müssen, dann wird sich das schon irgendwie regeln, aber … na ja, für die nächsten Tage und Wochen wird es mir hier sicher sehr gut gehen. Ich beschließe, dem Strandkorb einen Besuch abzustatten und gehe über den kleinen Pfad durch die Dünen zum Strand. Da das Meer gerade da ist und die Sonne vom Himmel scheint, bietet sich das an. Ich finde ihn schnell, und als ich mich hinsetze, übermannt mich die Müdigkeit. Es war eine lange Nacht.

STRANDKORB SIEBEN

Ein Besucher. Wie schön. Erst vor ein paar Tagen wurde ich hierher gebracht, und schon sitzt ein Mensch in mir. Nein, er sitzt nicht, er schläft. Er scheint müde zu sein. Entweder von der Reise hierher oder es gibt einen anderen Grund. Er sieht nicht aus wie ein Tourist und wenn ich ehrlich bin, riecht er auch ziemlich nach Rauch. *Ob er etwas mit dem Feuer zu tun hat, das ich heute Nacht in der Ferne gesehen habe?* Ich bin gespannt, das werde ich sicher in den nächsten Tagen herausfinden, wenn er sich öfter zu mir setzt.

LENTJE BOGER

Zusammen mit meinen Geschwistern, Tanja und Leon, stehen wir vor dem kleinen Grab. Die Urne wird gerade hinabgelassen und der Pastor spricht ein paar Worte. Es haben sich sogar ein paar Leute versammelt, die aber sicher nicht wegen Leenke Boger hier sind, sondern wegen Leeve oder auch wegen uns Mädchen. So traurig es ist, sie sind nicht wegen unseres Vaters hier. *Wir sind alle irgendwie schockiert, aber sind wir traurig? Bin ich traurig?* Sein Tod war absehbar und wir haben ihn uns alle tausendmal gewünscht, als wir jünger waren, aber jetzt, wo es endgültig ist ... Ich fühle nichts. Keine Trauer, keinen Verlust. Leenke Boger war kein guter Mensch und ganz sicher kein guter Vater für uns alle nicht. Wir Kinder tun unsere Pflicht. Ihn beerdigen und das war's. Als der Pastor fertig ist, gehen wir zur Seite, und ich bin sicher, jeder von uns atmet tief durch, irgendwie befreit, und gleichzeitig ... Levka, meine kleine Schwester, die nie ein gutes Wort über ihn verloren hat, bringt es auf den Punkt: »Es ist merkwürdig, ich habe ihm tausendmal den Tod gewünscht. Ich habe ihn gehasst für das, was er uns allen angetan hat, und doch ist da ein Gefühl in mir, von dem ich nie gedacht hätte, dass ich es empfinden würde. Geht es euch auch so?« Ich antworte ihr fast sofort.

»Ja. Denn genau das habe ich auch gerade gedacht.«

»Wisst ihr, was ich mir jetzt wünschen würde?«, spricht Levka weiter.

»Was?«

»Dass wir so schnell wie möglich zu Meike fahren, zusammen einen Kaffee trinken, uns mit Kuchen vollstopfen und dann ... unser Leben weiterleben. Ohne ihn. Ohne die Last dessen, was immer im Hintergrund oder in unseren Herzen war. Dieses Gefühl, das mir so oft Alpträume und gleichzeitig ein schlechtes Gewissen bereitet hat. Ich möchte es hinter mir lassen, auch wenn es undankbar klingt, und Leeve, ich wünsche mir, dass du das auch tust. Um ihn musst du dich nicht mehr kümmern. Um uns schon seit vielen Jahren nicht mehr, aber ich weiß, dass man dich immer angerufen hat, wenn er wieder Ärger mit jemandem hatte. Wir waren weit weg, aber du warst immer da. Lass uns das hinter uns lassen. Ich nicke, denn sie hat recht. Es klingt zwar gemein und vielleicht auch undankbar, aber außer unserem Leben hat uns Leenke Boger nichts gegeben. Man könnte sagen, dass das schon sehr viel ist und wir ihm deshalb zu Dankbarkeit verpflichtet sind, aber das sehe ich, und ich denke, wir alle sehen das nicht so.« Bei Meike angekommen, machen wir genau das, wir essen Kuchen und trinken Kaffee. Mit der Zeit wird auch die Stimmung besser und nach einem Glas Wein und einem Bier, das sich Leeve gönnt, wird auch wieder gelacht. Leenke Boger ist jetzt

Geschichte. Levka war im Urlaub, als sich die Ereignisse überschlugen, sie weiß noch nicht, dass ich den Sommer hier verbringen werde, also erzähle ich es ihr.

»Du Levka, ich habe dir etwas noch nicht erzählt, du warst im Urlaub und dann kam das mit ... ich werde den Sommer hier auf der Insel verbringen und solange bei Leevke und Leon wohnen.«

»Wirklich?«

»Ja, ich werde die Tierarztpraxis von Witta Hoferland führen, sie vertreten. Sie muss sich einer Operation unterziehen und kann danach eine Weile nicht arbeiten. Sie hat mich gefragt.« Mit einem Gesichtsausdruck, den ich bei Levka selten sehe, sagt sie mit ernster Stimme.

»Mach einen großen Bogen um die Niemeyerkate oder den Strandkorb. Ich weiß aus guter Quelle, dass dieser Ort hier auf Amrum irgendwie verzaubert ist. Wenn du hier nicht kleben bleiben willst, liebe Schwester, dann mach darum einen Bogen. Wirklich, mach einen Bogen darum.« Wir schauen sie alle an und lachen gleichzeitig. Denn nichts anderes hat Leevke zu mir gesagt, und Tanja grinst genauso fröhlich wie Leon, der ihr Gesicht zwar nicht gesehen hat, es aber an ihrem Tonfall erahnen kann. Es wird ein fröhlicher Nachmittag, auch wenn der Anlass kein lustiger ist. Levka bleibt nicht über Nacht, sie fährt gegen Abend zurück nach Dagebüll, denn sie hatte ja gerade erst Urlaub. Ich selbst habe noch das Auto voll mit meinen Koffern. Bin direkt zur Beerdigung gefahren und dachte, ich fahre nicht mehr zurück, sondern bleibe die nächsten zwei Tage hier, um mich ein bisschen einzuleben. Mich daran zu gewöhnen, wieder auf der Insel zu sein. Darüber schüttle ich immer noch den Kopf und frage mich, wie das passieren konnte.

Als ich in meinem Zimmer auf dem Bett sitze und zur Ruhe komme, denke ich an die letzten Tage. Erinnere mich an das Gespräch mit meinem Chef. Der gar nicht amüsiert war, als ich freihaben wollte. Gut, im Ansatz kann ich es verstehen, aber dass er so ausrastet, hätte ich nicht erwartet.

»Sie bleiben hier. Bei der Konkurrenz aushelfen, so weit kommt es noch. Meine Mitarbeiter bestimmt nicht. Wie kommen Sie darauf, dass ich das auch nur in Erwägung ziehe? Nicht nur, dass mir zwei Hände fehlen und … nein, Sie bleiben hier.« Damit war meine Idee, die 30 Tage Urlaub auf einmal zu nehmen, plus die zwei Wochen Überstunden, die ich habe, abgelehnt. Aber so leicht habe ich mich nicht geschlagen gegeben. Wir sind Boger und können uns durchsetzen, lassen uns nicht so schnell einschüchtern. Ich habe zu ihm gesagt.

»Ich habe Anspruch auf Urlaub und die Überstunden.«

»Aber nicht alles auf einmal. Nein, ich habe Nein gesagt und ich lasse nicht mehr mit mir diskutieren.«

»Dann tut es mir leid, dann kündige ich.« Da war es um ihn geschehen. Er bekam einen hochroten Kopf und die nächsten Worte von ihm, die überraschten mich dann doch.

»Packen Sie Ihre Sachen und verlassen Sie die Praxis. Sie brauchen morgen nicht wiederzukommen.« Wow. Damit hatte ich ehrlich gesagt nicht gerechnet. Aber gut … irgendwie … es wird schon wieder werden. Ich hatte also zwei Wochen Zeit, habe meine Wohnung aufgeräumt und alles für meine Abwesenheit vorbereitet. Packte und machte mir ein paar schöne Tage. *Als der Anruf von Leeve kam, war ich … geschockt? Erleichtert? Traurig? Nein, nicht traurig, oder?* Wie Levka schon sagte, es war ein seltsames Gefühl. Ich bin noch am selben Tag nach Amrum gefahren. Hatte Zeit und habe

Leeve und Leevke unterstützt. Es gab viel zu tun. Die Versicherung. Die Polizei. Die Staatsanwaltschaft. Alle wollten viel wissen und dann musste auch noch die Beerdigung organisiert werden. Es wird noch viel Arbeit auf uns zukommen, das nehmen wir zumindest an. Da ist das Haus. Die Ruine. Das Grundstück. Leeve hat vorhin gesagt, dass die Ratten schon bei ihm waren. Spekulanten, die das Grundstück haben wollen. Aber wir wissen noch nicht einmal, ob es uns überhaupt gehört. Vielleicht hat Vater irgendwo ein Testament hinterlassen. Das werden wir bald erfahren. Denke ich und dann müssen wir uns wieder zusammensetzen und entscheiden, was wir tun. In diesen Tagen bin ich abends immer wieder nach Hause gefahren. Ich wollte nicht, dass sie erfahren, dass ich entlassen wurde. Ich wollte ihnen nicht noch mehr Sorgen aufbürden. Erst zur Beerdigung bin ich mit Gepäck gekommen. Jetzt sind die Koffer ausgepackt und ich kann am Montag in der Praxis anfangen. Morgen werde ich mir noch ein Fahrrad für den Sommer ausleihen und damit die paar Kilometer nach Nebel fahren. Das ist der Plan. Witta hat mir gesagt, dass sie ihr Auto, das sie für die Fahrten zu den Kunden umgebaut hat, benutzen kann. Also werde ich mein Auto so oft wie möglich stehen lassen. Das ist, wie gesagt, der Plan. Ich muss eingeschlafen sein, denn irgendwann mitten in der Nacht wache ich auf und stelle fest, dass ich weder ausgezogen noch zugedeckt bin. Ich gehe kurz ins Bad und schlafe dann einfach weiter, bis mich am Morgen die typischen Amrumer Geräusche wecken.

MATTHY SAATHOFF

Als ich aufwache, hat der Wind wie so oft gedreht. Es sind plötzlich mehrere Personen am Strand und vor allem auf dem Meer sind viele Surfer zu sehen. Ich beobachte sie, blicke kurz auf die Uhr und stelle fest, dass ich tatsächlich eine ganze Weile geschlafen habe. Ich war einfach fix und fertig. Kein Wunder nach dieser anstrengenden Nacht. Aber jetzt stehe ich auf, denn Hunger und Durst machen sich bemerkbar. Außerdem muss ich dringend duschen, nach den Tieren sehen und einkaufen. Gegen siebzehn Uhr am späten Nachmittag fahre ich zum Ort des Grauens, wie ich ihn jetzt schon nenne. Viele Schaulustige sind da. Polizei und auch Leeves Auto stehen vor den Trümmern seines ehemaligen Zuhauses. Ich weiß nicht, welche Erinnerungen er daran hat. Letztendlich ist es für immer zerstört. Ein weiteres Auto fährt in diesem Moment an den Straßenrand und hält an. Ein Mann steigt aus. Er trägt einen Anzug und, ich wette, blank geputzte Schuhe. Er geht auf Leeve zu, will ihm die Hand reichen, aber an Leeves Gesichtsausdruck sehe ich deutlich, dass er nicht unbedingt positiv auf den Mann reagiert, im Gegenteil. Ein Wortgefecht beginnt, das bis zu mir herüberschallt.

»Haben Sie denn gar keinen Anstand? Was soll denn das? Glauben Sie wirklich, dass ich nach dem, was heute Nacht hier passiert ist, mit Ihnen ...« Er schüttelt den Kopf. Der Mann will ihm eine Visitenkarte zustecken, aber Leeve schlägt seine Hand weg und das kleine Stück Papier, von dem ich annehme, dass es eine Visitenkarte ist, fliegt durch die Luft.

»Verschwinde, und zwar schnell.« In diesem Moment sieht er, dass ich ihn anschaue. Wieder spricht er den Mann an: »Hauen. Sie. Ab. Verschwinden Sie! Das ist Privatgelände und Sie haben hier nichts zu suchen.« Dann geht er auf mich zu.

»Moin, Leeve, ist alles in Ordnung?«

»Moin, Matthys, nichts ist in Ordnung. Ich bin todmüde und ...« Er fährt sich über sein Gesicht.

»Das hier ist eine Riesenkacke, um es mal ganz deutlich zu sagen. Ich habe im Moment überhaupt keinen Überblick. Die sterblichen Überreste meines Vaters sind immer noch nicht geborgen. Die Gerichtsmediziner sind in diesen Minuten im Haus und da kommen die Geier, da kommt dieser Typ mit seinen Lackschuhen und will mir ein Angebot für das Grundstück machen. Kannst du dir das vorstellen? Im Moment habe ich keine Ahnung, was da auf uns zukommt. Ob Vater das Haus versichert hat oder ob wir es überhaupt erben. Er war nie gut auf uns zu sprechen. Wir haben auch keine Ahnung, ob irgendwelche Kredite oder

Grundschulden eingetragen sind, und das ist mir im Moment auch völlig egal. Aber wir müssen uns wirklich erst einmal einen Überblick verschaffen, denn da ist ja auch noch dein Haus, das zerstört wurde …«

»Stopp. Mache dir erst mal um mich keine Sorgen. Wirklich. Selbst wenn keine Versicherung einspringt, werden wir uns schon irgendwie einigen. Du solltest dich erst mal richtig ausschlafen. Du siehst furchtbar aus, wenn ich das so deutlich sagen darf. Und mir ging es ähnlich. Ich habe vorhin im Strandkorb ein paar Stunden tief und fest geschlafen.«

»Wo bist du denn untergekommen?«

»In deiner unmittelbaren Nachbarschaft.« Er hebt den Kopf.

»Aber nicht in Niemeyers Kate?«

»Doch warum?« Er schaut mich lange an, sagt erst nichts, aber dann meint er.

»Auch wenn es heute wirklich nichts zu lachen gibt. Pass auf, dass du nicht in die Fänge einer Frau gerätst. Der Kate und dem Strandkorb sagt man magische Kräfte nach.«

»Ehrlich, du glaubst an diesen Quatsch? Rieke hat mich mit ähnlichen Worten gewarnt.« Jetzt lacht er richtig.

»Ich habe Tanja dort kennengelernt. Meine Schwester ihren Leon, also fragst du mich wirklich, ob ich das glaube? Es fällt mir schwer, es nicht zu tun.« In diesem Moment kommen zwei Menschen in weißen Kitteln aus der schwarzen Ruine und tragen einen Sarg. Leeve schluckt. Er geht auf die beiden zu und spricht sie an. Macht ein Kreuz, obwohl ich mir ziemlich sicher bin, dass er nicht gläubig ist, aber es ist ein Symbol, das uns christlich erzogenen oder anders gesagt, in der westlichen Welt aufgewachsenen

Menschen ins Blut übergegangen ist. Die beiden Träger halten kurz inne und stellen den Sarg ab. Leeve legt eine Hand darauf. Ich sehe, dass er schwer atmet und beschließe, näher zu ihm zu treten. Meine Hand auf seine Schulter zu legen. Leeve meint: »Er war ein schlechter Mensch. Versteh mich nicht falsch, wenn ich das sage, aber er war böse. Ich kann dir nicht aufzählen, wie oft er mich in meinem Leben verprügelt hat. Unzählige Male und wir reden nicht nur von Backpfeifen. Dennoch spüre ich seltsame Gefühle in mir, die ich im Moment nicht einordnen kann. Trauer? Erleichterung? Keine Ahnung, ehrlich gesagt.«

»Er war dein Vater, Leeve. Egal, was er getan hat, am Ende war er dein Vater. Aber dieses Leben ist vorbei. Ich weiß, es klingt verrückt, wenn ich das sage, aber der Sommer steht vor der Tür. Lass zu, dass du, dass Ihr ihn genießt. Lass die trüben Gedanken hinter dir. Ich weiß, wovon ich spreche. Damit meine ich nicht nur die trüben Gedanken, wenn du mal jemanden zum Reden brauchst, komm rüber. Leeve, ich bin kein Psychologe, aber ich habe heute Morgen einen Kasten Bier gekauft und Flaschen in den Kühlschrank gestellt.« Er nickt, hebt die Hand, und die beiden in weiße Anzüge gehüllten Männer heben den Sarg wieder hoch. Leeve fragt: »Wo bringt Ihr ihn hin?«

»In die Gerichtsmedizin. Wir melden uns, wenn Sie einen Bestatter bestellen können.«

»Danke.« Leeve schaut wieder zum Haus oder das was davon übrig ist.

»Ich werde die Feuerwehr fragen, ob sie noch Akten im Büro gefunden haben oder ob alles ein Raub der Flammen wurde.«

»Leeve?«

»Ja?«

»Da gibt es etwas was ich dir vielleicht noch sagen sollte, bevor du es von jemand anderem hörst. Ich hatte mit deinem Vater einen Mietvertrag abgeschlossen.«

»Für den Strom?«

»Ja, und für Wasser und Abwasser. Dafür, dass ich den Strom von ihm beziehe und das Abwasser in seinen Kanal leite, wollte er 1000 Euro im Monat.«

»Wie bitte, und das hast du bezahlt?«

»Klar, ich wollte dieses Haus hier haben. Und ehrlich gesagt, es tut mir nicht weh.« Leeve nickt.

»Gut.«

»Darf ich das weiterhin tun oder benutzen?«

»Sicher, aber nicht für so viel Geld. Aber wie gesagt, im Moment sind mir da die Hände gebunden, weil wir keine Ahnung haben, wem was gehört und ob ...«

»Das verstehe, ich wollte es dir nur sagen, nicht, dass du es erfährst, bevor ich es dir gesagt habe. Dieser Inselfunk, der ist mir immer noch ziemlich unheimlich.«

»Danke.« Aber mit diesen letzten Worten gehe ich jetzt wirklich zu den Tieren. Gebe ihnen etwas frisches Heu und entferne die Hinterlassenschaften aus dem Unterstand. Überprüfe, ob die Wasserversorgung noch funktioniert und die Tiere Zugang zum Frischwassertank haben und zum Schluss setze ich mich auf die Weide und beobachte die Tiere. Ob es ihnen gut geht, oder ob sie sich durch die Aufregung verletzt haben. Nach ein paar Minuten kommt King Charles ein Stück näher und die anderen Herdenmitglieder folgen ihm.

»Na, alles gut überstanden? Das war ganz schön aufregend heute Nacht, nicht wahr? Und auch heute den ganzen

Tag über. Die vielen Schaulustigen, die vorbeigekommen sind und der Brandgeruch, der immer noch in der Luft liegt.« Ich betrachte auch meine trächtigen Tiere, aber sie sehen gut aus. Keine Anzeichen, dass mit ihnen etwas nicht stimmt. Das macht mich froh. Erleichterung durchströmt mich.

Zehn Tage später stehe ich auf dem Friedhof. Es haben sich einige Leute versammelt, aber ich vermute, dass die meisten wegen Leeve Boger hier sind. Und nicht wegen seines Vaters. Eigentlich traurig, aber ich habe in den letzten Monaten viel über diesen Mann erfahren und ihn auch selbst erlebt und kann erahnen, warum das so ist. Trotzdem war er mein Nachbar und es ist mir ein Bedürfnis, ihm diese letzte Ehre zu erweisen. Nachdem der Pastor seine letzten Worte gesprochen hat, verlassen alle den Friedhof. Leeve und seine Familie bleiben noch am Grab stehen, aber ich gehe mit den anderen. Eine der Frauen, eine Schwester von Leeve, kommt mir bekannt vor, obwohl es eigentlich nicht sein kann. Trotzdem beginnt etwas in mir zu klingen. Ich schaue noch einmal kurz zurück, aber die Leute reden miteinander, und ich will sie nicht beobachten und unhöflich sein. Also gehe ich zu den Alpakas, setze mich auf den Stuhl, den das Feuer nicht zerstört hat und beobachte sie, wie so oft in den letzten Monaten. Das gibt mir eine innere Ruhe und ich vermisse mein Tiny-House. So schön die Kate auch ist und so schön es auch ist, im Strandkorb zu sitzen, ich vermisse meine Tiere. Es ist irgendwie lächerlich, aber sie haben eine unglaublich beruhigende Wirkung auf mich. Ein Schadenregulierer von der Versicherung war da und hat Fotos gemacht. Er hat mir auch mitgeteilt, dass die Ursache des Brandes jetzt feststeht. Dass es, wie der Feuerwehrmann schon in der Nacht vermutet hatte, ein Schwelbrand war, ausgelöst durch eine Zigarette, der sich ausgebreitet hat. Genau das habe ich am Abend auch von Leeve erfahren, der sich tatsächlich zu mir auf ein Bier gesellt hat. Außerdem hat mir der Tiny-House-Hersteller ein Zeitfenster von acht bis zwölf Wochen bis zur Lieferung genannt, und damit kann ich leben. Das Haus ist bestellt und ich freue mich jetzt schon darauf. Ich war auch einkaufen, ich musste ja wieder Klamotten haben und war in diesen Tagen richtig beschäftigt. Abends saß ich dann auf der Terrasse oder auch oft im Strandkorb, der sehr gemütlich ist, und habe die Jugendlichen beobachtet, die sich dort am Strand tummeln. Die Bewohner der Jugendherberge. Es ist ein schönes Fleckchen Erde, das muss ich zugeben. Ein schöner Teil der Insel. Und ich bin froh, dass er auch nach Osten hin geschützt ist. Nicht mehr bebaut werden darf und Natur, Natur sein darf. Wie jeden Abend in den letzten Tagen gehe ich den Weg über die Dünen entlang und setze mich in den Strandkorb, der zum Haus gehört. Heute muss ich an die Warnungen von Rieke und auch von Leeve denken und schmunzelnd sage ich zu ihm: »Dein Ruf eilt dir voraus, Strandkorb sieben. Ich hoffe, du lässt mich bei dir sitzen, ohne mich in irgendeiner Weise zu verzaubern. Ich habe drei Damen auf einer Wiese stehen und die Chancen stehen nicht schlecht, dass sie sich noch weiter vermehren. Also um es kurz zu machen, kümmere dich lieber um den Mieter nach mir, spar dir deine Zauberkräfte auf.« Lachend nehme ich einen Schluck Bier und blicke aufs Meer hinaus. Es war die beste Entscheidung meines Lebens, hierherzukommen. Frankfurt und der hektische Börsenalltag sind weit weg. Ich weiß, dass ich nur hier sitzen kann, weil ich das Glück hatte, als Broker viel Geld zu verdienen, aber ... es musste so sein und im Moment kann ich mir keinen besseren Ort vorstellen.

STRANDKORB SIEBEN

Ja mein neuer Besitzer ist nett. Er will mich warnen, dass ich meine Magie, nicht über ihn ausschütten soll. Als ob mich das hindern würde. Wenn ich eine nette Frau sehe, die zu ihm passt, dann werde ich meine Magie sehr wohl über ihn ausschütten und ich bin mir sicher, dass er, auch wenn er sich dagegen sträubt, sich über eine Gesellschaft, eine Frau die ihn liebt, freuen würde.

LENTJE BOGER

Die ersten Tage in der Praxis sind anstrengend, aber es gefällt mir hier. Kaatja, eine der beiden Tierarzthelferinnen, ist unglaublich nett und in meinem Alter. Bella, die zweite, ist etwas älter, aber genauso nett. Wir werden uns gut verstehen, da bin ich mir sicher. Witta stopft mich mit Informationen voll und mir raucht der Kopf, außerdem ist die Praxis auch voll mit kleinen und manchmal auch größeren Patienten. Am Nachmittag nimmt sie mich noch mit zu ein paar Kunden, die sie draußen betreut. Meistens sind es Schafe. Mit denen habe ich zwar schon Kontakt gehabt, aber ich gebe zu, dass ich wieder viel lernen muss. Aber das wird schon. Sie stellt mich vor und dann ... ja, dann ist sie weg. Ab Donnerstag bin ich allein für die Praxis verantwortlich. Da nach Vaters Beerdigung sowieso alles durcheinander ist und ich schlecht schlafe, bin ich auch die Erste, die morgens die Praxis aufschließt. Ich nehme mir die Zeit, mich alleine ein wenig mit dem

Computerprogramm anzufreunden und im Kalender nachzuschauen, was heute Vormittag geplant ist oder ansteht. Unvorhergesehenes kann immer passieren. Ich kontrolliere noch kurz den Medikamentenschrank, ob alles da ist und dann ist Kaatja auch schon da, begrüßt mich und teilt mir mit, dass sie gleich Tee kochen wird.

»Das brauchst du nicht, das kann ich auch selbst, Kaatja.« Lachend meint sie: »Das ist völlig in Ordnung. Ich setze eine große Kanne auf. Wir sind hier alle echte Friesen und trinken gerne Tee.« Kurz darauf geht es los. Heute haben wir nur vormittags geöffnet. Später müssen noch drei Katzen sterilisiert werden. Zudem steht noch eine Zahnreinigung bei zwei Hunden an. Eigentlich sollte es kein allzu stressiger Tag werden. Doch ich bin mir noch nicht sicher. In der Tierklinik in Dagebüll konnte man nie sicher sein, wie der Tag wird. Zu viele Zwischenfälle kamen meist dazwischen. Sei es die Geburt von Welpen, bei denen die Hündin Probleme hatte, oder andere Unfälle, bei denen die Hilfe eines Tierarztes notwendig war. Gestern Abend war ich noch bei Leeve und Tanja und er hat mir von verschiedenen Angeboten erzählt. Investoren, die alle nur eines wollen und das ist das Grundstück unseres Hauses. Ich erinnere mich an das Gespräch, er sagte zu mir: »Verrückt, oder?

»Ist es, zumal wir ja noch keine Ahnung haben, wem es überhaupt gehört. Ist noch nichts vom Notar oder so gekommen?«

»Nein, aber ich habe nach unzähligen Telefonaten herausgefunden, dass Vater das Haus tatsächlich versichert hat. Zwar minimal und wir werden nicht viel für das Haus bekommen, aber immerhin die Kosten für die Entsorgung und vor allem für das Haus von Vaters Nachbarn, das mit zerstört wurde. Ich gebe zu, dass mir das schwer im Magen lag, denn wenn wir das hätten bezahlen müssen, wäre das keine Kleinigkeit gewesen.«

»Auch das hätten wir hinbekommen, aber das klingt erst einmal gut. Das andere wird sich sicher in den nächsten Wochen zeigen. Ich sehe jetzt nicht, dass wir uns da beeilen müssen, mit irgendwelchen Entscheidungen oder unbedingt wissen müssen, wem das Grundstück jetzt letztendlich gehört. Verkauft ist es, wie du sagst, sofort.«

»Morgen ist dein erster Tag?«

»Ja, ich bin gespannt. Auch ein bisschen aufgeregt, muss ich zugeben. Bisher war ich nur angestellte Tierärztin und konnte mich bei Fragen an meine Kollegen in der Tierklinik wenden. Das ist schon eine andere Herausforderung.«

»Die du gut meistern wirst.«

»Ich bin, wie gesagt gespannt.«

»Komm, lass uns essen. Ole hat uns wieder Fisch mitgebracht und ...«

»Das ist nicht nötig.« Leeve sieht mich entsprechend an.

»Ist schon gut.« Ich lache. Während wir essen, kann ich es mir nicht verkneifen, Leeve nach dem Nachbarn zu fragen. Obwohl ich schon ein paar Tage hier bin, habe ich ihn noch nicht gesehen.

»Er ist in Ordnung. Ich mag ihn.«

»Das sagt er, durch und durch Friese, nach diesen wenigen Tagen?« Leeve lacht.

»Er lebt jetzt schon ein halbes Jahr auf der Insel. Du wirst ihn bestimmt bald kennenlernen. Er hat Tiere, und die brauchen gewiss öfter ärztliche Hilfe.«

»Er hält Alpakas, ich weiß. Witta hat mich vorgewarnt und mir nahe gelegt, dass ich mich etwas einlese. Zum Glück hatten wir auch auf dem Festland ein paar dieser Tiere als Patienten. Sie sind hier immer häufiger anzutreffen und die meisten kleinen Dinge, die passieren können, sind mir bekannt. An erster Stelle möchte ich die unvernünftigen Zaungäste nennen, die meinen, die Tiere mit zu viel Obst und anderen Dingen zu füttern, die ihnen gar nicht guttun. Oft werden zu große Stücke angeboten, die dann zu Magenbeschwerden und im schlimmsten Fall zu Koliken führen. Das ist nicht lustig. Ansonsten haben wir, wenn überhaupt, bei der Geburt geholfen. Zwischendurch haben sie gerne mal Augenkrankheiten und … Ich langweile euch, sagt doch was.»

»Er wohnt in der Niemeyerkate?«

»Wer Matthys?«

»Ja.«

»Ihn lernst du bestimmt bald kennen. So groß ist die Insel nämlich gar nicht.« Ich lache, denn groß ist sie wirklich nicht, mit 2300 Einwohnern ist es gefühlt ein kleines Dorf, aber im Sommer ist die Insel brechend voll.

»Bin gespannt.« Nach einem weiteren Glas Wein lassen wir den Abend ausklingen. Es ist irgendwie einer der ersten Abende, an dem wir etwas länger draußen sitzen können. In der nächsten Woche soll es so bleiben, und das ist für den Frühsommer gar nicht so schlecht. Gegen zehn gehe ich rüber in den Anbau und Gästebereich von Leevke und Leon. Die beiden haben sich schon zurückgezogen und ich lege mich nach dem Duschen auch ins Bett, um beim ersten Klingeln des Weckers wieder aufzuwachen. Freitag. Es ist ein schöner Tag und ich fahre mit dem Fahrrad zur Praxis. Kaum habe ich die Tür geöffnet, kommen zwei Notfälle. Zwei Streithähne, um genau zu sein. Beim morgendlichen Spaziergang waren sich zwei Hunde nicht besonders sympathisch und mussten einen kleinen Revierkampf austragen. Der dem Labrador einen bösen Biss in den Nacken eingebracht hat und der nun mit einer blutenden Wunde heftig und gestresst hechelnd mit seinem Herrchen im Wartezimmer sitzt. Der zweite Kandidat ist ein Schäferhund, der sich bei dieser ruppigen Aktion am Fuß verletzt hat. Sein Herrchen bleibt in weiser Voraussicht erst einmal draußen. Routiniert geben wir dem Labrador eine Spritze, damit er einschläft, denn ich muss die Wunde sowieso säubern und nähen, und der Schäferhund bekommt eine Beruhigungsspritze. Und er bekommt einen Maulkorb. Denn wenn ich eines weiß, dann, dass ich nicht gebissen werden will. Und ich kenne die Tiere nicht. Als ich aber sehe, dass beide nicht kastriert sind, frage ich nach den Akten, die mir Kaatja auch gleich bringt.

»Wurden die beiden noch nie gechipt, um zu sehen, ob sie ruhiger werden, um danach zu überlegen, ob man sie ...«

»Nein. Mein Carlo produziert gerne kleine Hunde, er ist ein reinrassiger Schäferhund und wird oft von Züchtern eingeladen.«

»In diesem Fall sollte man ihn nicht frei herumlaufen lassen oder ihm zumindest einen Maulkorb anlegen.«

»Sie sind neu hier, oder?«

»Ja, aber das hat nichts damit zu tun, dass hier zwei Hunde aufeinander losgegangen sind, und das darf nicht passieren.«

»Ich kann doch nichts dafür, wenn ... er den gleichen Weg wie ich gegangen ist.«

»Gehört der Weg Ihnen?«

»Nein, natürlich nicht.«

»Eben. Sie sollten auf Ihr Tier achten und keine Sorge, ich werde dem Kollegen ebenfalls einen Vortrag halten. Sein Bein muss ein paar Tage geschont werden. Keine allzu langen Gassirunden, das war's. Und wenn ich Sie wäre, würde ich so höflich sein und dem Kollegen wenigstens einen Teil der Rechnung bezahlen. Das hält den Ärger fern.« Er nickt nur. Wenig später ist auch der zweite Hund versorgt. Er braucht ein paar Stiche, aber nichts Lebensbedrohliches. Auch sein Besitzer bekommt eine Ansprache von mir und dann können wir zur Tagesordnung übergehen, bis Kaatja zur Tür hereinkommt.

»Lentje?«

»Ja?«

»Herr Saathoff hat eben angerufen, eine seiner Alpakastuten hat Probleme mit der Geburt.«

»Nicht gut. In dem Fall müssen wir die Patienten um Geduld bitten oder ihnen einen neuen Termin geben.«

»Ich werde mich darum kümmern. Fährst du zu ihm?«

»Natürlich.« Wir lachen uns an, doch gleich darauf sitze ich im Auto auf dem Weg zu meinem alten Zuhause. Irgendwie merkwürdig, aber gut, die Herde steht nun mal dort. Bereits beim Anhalten sehe ich einen Mann, ich vermute, es ist Matthys Saathoff, bei einem auf der Wiese liegenden Tier knien. Das gefällt mir nicht. Aber noch weniger gefällt mir dieses seltsame Summen in mir, diese Vorahnung. Ich habe nie Vorahnungen, aber am Ende glaube ich, dass es sich genau so anfühlt. Er dreht sich zu mir um und ich bleibe mitten in der Bewegung stehen. Das darf doch nicht wahr sein! Ich ... am liebsten, am allerliebsten würde ich jetzt umdrehen und zurück zum Auto gehen, was sage ich, rennen, einsteigen, Gas geben und nicht zurückschauen. Seine Augen werden etwas größer. Er hat mich also auch erkannt. *Wie lange ist es her, dass wir uns das letzte Mal gesehen haben?* Viele Jahre, fast zehn, um genau zu sein. Und dann ... *was macht er hier auf Amrum?* Er, der ... verdammt das Tier am Boden bewegt sich und Matthias oder wie er hier heißt, Matthys dreht sich zu dem Tier um und spricht beruhigend auf es ein. Die Seifenblase, in der ich mich gerade befand, zerplatzt. Er spricht in der gleichen Tonlage weiter, aber mit mir.

»Es sah alles ganz normal aus. Plötzlich fing sie an, zu schreien. Ich war bei einigen Geburten dabei, um zu wissen, wie es ist, aber so hat noch nie ein Tier geschrien, und dann lag sie auf dem Boden.« Sie atmet hektisch und will immer wieder aufstehen.

»Beruhigen Sie sie. Ich muss das tragbare Ultraschallgerät holen.« Langsam, um die Alpakastute nicht noch mehr zu stressen oder zu beunruhigen. Trotzdem muss es schnell gehen. Ich hole das Gerät und die Tasche mit den Medikamenten und ein paar andere Dinge, von denen ich denke, dass ich sie brauchen könnte. Radfahrer halten an und wollen zuschauen.

»Bitte, ihr könnt euch das kleine Crai morgen anschauen, aber die Stute hat Probleme und Zuschauer bedeuten noch mehr Stress. Könnt ihr bitte weiterfahren und morgen wiederkommen? Das wäre sehr nett von euch.« Die Radfahrer sind vernünftig und fahren zum Glück weiter.

Langsam gehe ich wieder zu Matthias, nein Matthys, der beruhigend auf die Stute einredet.

»So meine Liebe, du machst das ganz toll, Kleo, keine Angst, wir helfen dir. Jetzt ist Lee da, sie wird dir helfen dein Baby zu bekommen.« Als er den Namen ausspricht, zerschlägt sich die letzte Hoffnung, dass er mich nicht erkannt hat. Lee. Ja, mit diesem Namen habe ich mich damals vorgestellt. Lee, dieser eigentlich verhasste Name, den uns unsere Eltern der Einfachheit halber gegeben haben und den wir irgendwie immer wieder benutzt haben. Jetzt schon seit vielen Jahren nicht mehr. Im Gegenteil, ich hasse es, eigentlich so genannt zu werden. Deshalb sage ich, ohne ihn anzusehen.

»Nicht Lee, sondern Lentje. Na meine Liebe, lass mich mal sehen, wir werden dir nicht wehtun, keine Angst.« Vorsichtig taste ich mit geschlossenen Augen ihren Bauch ab. Spüre die Kontraktionen der Wehen und auch, dass es für Matthys eine kleine Sensation und Überraschung geben wird. Wenn das Tier durchkommt, was keine leichte Aufgabe sein wird. Wie gerne hätte ich jetzt Witta bei mir oder einen erfahrenen Kollegen. Aber dem ist nicht so. Das Tier und Matthys sind auf mich angewiesen. Obwohl ich mir sicher bin, was ich ertastet habe, gehe ich auf Nummer sicher und greife zum Ultraschallgerät. Sekunden später ist mein Befund gesichert und ich lege das Gerät wieder weg.

»Sie bekommt Zwillinge.«

»Was? Aber das ist doch nicht ... Ich meine, das passiert doch nie.«

»Selten, aber nicht nie. Du solltest Lotto spielen. Aber ich kann dir nicht versprechen, dass wir alle drei durchbringen.« Routiniert beginne ich Kleo, wie die Alpakastute heißt, zu helfen. Minute um Minute vergeht. Plötzlich will sie aufstehen. Wenn ich ehrlich bin, habe ich jedes Zeitgefühl verloren, weil ich mich ganz auf das Tier und seine Schmerzen oder Wehen konzentriert habe. Matthys will sie aufhalten, aber ich halte ihn zurück.

»Lass sie, ich glaube, sie weiß am besten, was gut für sie ist. Das erste Crai hat sich gedreht und wird bald geboren.« Kaum ausgesprochen, erleben wir das Wunder der Geburt. Das kleine weiße Crai landet wenige Minuten später auf der Wiese. Ich nehme ein Tuch und trockne es ab, beobachte aber währenddessen die Stute, die ein paar Schritte geht und dann näher kommt. Sie schaut mich an. Wieder ein paar Schritte und wir sehen, wie ihr zweites Baby auf die Welt kommt. Schnell reiche ich Matthys eine Decke.

»Trockne das Kleine ab.« Als wir sie ein wenig gesäubert haben, treten wir ein paar Schritte zurück. Die Stute kommt ein Stück näher und wir beobachten, wie die beiden Crais versuchen, auf ihre vier Beine zu kommen. Es ist immer wieder ein Wunder, wie die Tiere das schaffen. Kaum stehen sie auf ihren wackeligen Beinen, laufen oder stolpern sie zur Stute und saugen an den Zitzen. Es ist einfach wunderschön. Die anderen Tiere, die Abstand gehalten haben, kommen langsam näher und begrüßen die Neuankömmlinge. Ich lächle, denn anders geht es nicht. Ein leises »Danke», ist zu hören. Ich richte mich auf, schaue ihn an und wende mich dem Auto zu.

»Gerne geschehen.« Das ist alles. Mehr ist im Moment nicht drin, ich muss mich einfach damit abfinden, dass Matthias der Mistkerl ist, der mich nach einer Nacht, die nicht schöner hätte sein können, im Stich gelassen hat. Der sich nicht mehr gemeldet hat und der, wenn er mir zufällig über den Weg lief, was nicht oft vorkam, so tat, als wäre ich für ihn Luft. Ja, dieser Matthias, den kann ich jetzt wirklich nicht in Einklang bringen mit dem Mann, der diese Alpakaherde besitzt, der sich stundenlang um die Stute gekümmert hat und der jetzt sicher noch lange bei den Tieren bleibt und sie beobachtet. Ich lag damals morgens allein im Bett. Er ist einfach verschwunden, ohne Nachricht … verdammt soll er sein. *Wie nennt er sich hier?* Matthys Saathoff. Verdammt soll er sein! Zurück in der Praxis wasche ich alle meine Utensilien und räume anschließend alles wieder ins Auto. Ich bin, gebe ich zu, fix und fertig. Das Ganze war anstrengender als gedacht, aber mit einem wunderbaren Ende. Kaatja lässt es auf meinem Handy klingeln.

»Moin, Lentje. Wie sieht es aus, ist alles gut gegangen?«

»Ja, zum Glück, aber es war nicht einfach, die Alpakastute hat Zwillinge zur Welt gebracht und das kommt bei diesen Tieren extrem selten vor und wenn, dann ist es oft so, dass nicht alle Tiere überleben. Aber wir haben es geschafft. Ich bin gerade zurückgekommen. Gibt es noch etwas Dringendes?«

»Nein. Aber Montag wird ein höllischer Tag. Bella kann Montagmittag nicht, aber ich schon. Dafür bin ich heute etwas früher gegangen, ich hoffe, das war in Ordnung.«

»Natürlich.«

»Dann bis Montag.«

»Bis dann Kaatja.« Anschließend gehe ich auch und fahre direkt nach Hause. Stelle mich unter die Dusche. Lange und gehe danach zu Leevke.

»Lentje Boger, was ist los? Ich wäre heute Mittag fast zu dir gefahren, ich hatte so ein Gefühl in mir. Ich hatte so eine

Ahnung, dass du mich brauchst.« Sie schaut mich durchdringend an.

»Ich durfte heute miterleben, wie zwei Alpakababys, sie heißen Crais, auf die Welt gekommen sind, oder anders gesagt, ich mußte Hebamme spielen.«

»Und sind sie gesund?«

»Ja.«

»Was ist los Lentje?«

»Ich habe Matthys getroffen.«

»Denke ich mir, wenn du bei den Tieren warst, und?«

»Ich ...« Schnell drehe ich mich zur Terrasse um und will hinaus. Leevka hält mich am Arm fest. Nicht, dass sie mich aufhalten will ...

»Es ist alles in Ordnung, ich muss mal raus. Luft schnappen und ... nachdenken.«

»Lentje, jetzt bekomme ich Angst um dich.«

»Nicht ... du musst keine haben, es ist ... nichts. Es ...« Ich sehe meine Schwester an, die mir näher steht als jeder andere Mensch und die sowieso keine Ruhe geben wird, bis ich ihr den Grund für meine Beunruhigung genannt habe.

»Die Geister der Vergangenheit sind aufgetaucht, okay?« Sie schaut mich an. Lange und durchdringend, dann nickt sie.

»Wenn du reden willst, weißt du, wo du mich findest.« Damit lässt sie mich los und ich gehe über den Bohlenweg zum Strand. Vielleicht bewusst, vielleicht auch nicht, aber ich gehe auf die Kate zu. Obwohl ich eigentlich überall hin will, nur nicht genau dorthin. An den Ort, an dem ich ihm wieder begegnen könnte. Es ist gerade Hochwasser. Noch ist es hell genug, um am Strand entlang zu laufen und den Sand unter den Fußsohlen zu spüren. Ich schlüpfe aus den

Schuhen und lasse das noch kalte Wasser um meine Füße laufen. Langsam gehe ich Schritt für Schritt den Strand entlang. Ein paar Strandkörbe stehen schon da und ein paar Jugendliche spielen mit einem Beachvolleyball. Sie sind sicherlich in der Jugendherberge abgestiegen. Um diese Jahreszeit, kurz vor den Ferien, sind Klassenfahrten an der Tagesordnung, und auch wenn man noch nicht so viel baden kann, können die Jugendlichen mit ihren Betreuern hier auf Amrum tolle Ausflüge machen. Langweilig wird ihnen bestimmt nicht. Sonst ist aber niemand zu sehen. Ich gehe weiter und komme an einigen Strandkörben vorbei, die gegen den Wind stehen, also so, dass ich nicht sehen kann, ob jemand in ihnen sitzt. Als ich die Niemeyerkate erreiche, erlaube ich mir einen Blick hinein. Es brennt kein Licht. Er wird noch bei seinen Tieren sein. Ich gehe einfach weiter, nur um von ihm, von seiner Stimme gestoppt zu werden.

»Moin, Lentje. Musst du auch noch den Kopf frei kriegen?« Ich drehe mich zu ihm um. Er sitzt mit einer Flasche Bier im Korb und schaut mich an. Matthys ist wie ich barfuß. Wahrscheinlich hatte er die gleiche Idee wie ich. Er hat seine Jeans hochgekrempelt und auch die Ärmel seines Hemdes. Er sieht so verdammt gut aus. So männlich, so anders als früher und doch ... dieses Vibrieren in mir, es nimmt zu. Der Wind bläst mir ins Gesicht, jetzt, da ich mich umdrehe. Ich muss blinzeln, denn Sandkörner treffen meine Haut und auch meine Augen. Also trete ich einen Schritt nach rechts, damit mich der Strandkorb schützt. Eigentlich ... eigentlich müsste ich weiterlaufen, schnell sogar. Weg von ihm. Denn ich weiß im Moment nicht, warum ich stehen bleibe und auch nicht ... er hat mir damals wehgetan. Auch wenn ich auf eine lockere Nacht aus war, was er sicher auch von mir dachte, war es doch ... mehr. Da waren Gefühle zwischen uns, die ich vorher noch nicht einmal ansatzweise verspürt hatte, zurück blieb ein ziemlicher Schmerz in meinem Herzen. Eigentlich war er der erste Mann, der es je geschafft hat mir weh zu tun. Nein, der erste war sicher mein Vater, aber der erste Mann, für den ich Gefühle entwickelt habe. Auch wenn ich gehen sollte, bleibe ich wie angewurzelt stehen.

»Amrum. Warum gerade Amrum?«

»Gute Frage, Lentje. Der Name passt übrigens sehr gut zu dir. Du bist also die Schwester von Leeve und Leevke?«

»Hm.« Er dreht sich ein wenig zur Seite, hebt eine zweite Flasche Pils und deutet auf den Platz neben sich.

»Darf ich dich einladen?« Ich bleibe stehen, er redet weiter.

»Wir sollten auf die Geburt von Prinzessin Kiki und Prinz Karl anstoßen, meinst du nicht?« Ich muss lächeln, ich kann nicht anders.

»Du hast adlige Alpakas?«

»Ja, die beiden stammen von King Charles und Queen Kleo ab. Dann gibt es noch die Prinzen Arthur und Georg. Die waren auch fleißig und haben dafür gesorgt, dass die Prinzessinnen Mira und Leila in den nächsten Wochen auf Nachwuchs hoffen können.» Wieder schüttle ich den Kopf. Erneut deutet er an, dass ich mich neben ihn setzen soll. Immer noch ziere ich mich. Leise sagt er.

»Ich beiße nicht.«

»Ich weiß, aber du könntest dich in Luft auflösen, dass du das kannst, weiß ich.« Er sieht mich mit einem bedauernden Blick an. Wahrscheinlich bilde ich mir das nur ein.

»Werde ich nicht.«

»Was.«

»Mich in Luft auflösen.« Noch einmal schaue ich ihn an. Vielleicht, ja vielleicht bekomme ich nach so vielen Jahren eine Antwort auf die Frage, weshalb er damals verschwunden ist. Deshalb nehme ich ihm die Bierflasche aus der Hand und lasse mich neben ihn in den Strandkorb fallen.

STRANDKORB SIEBEN

Dass dieser Abend noch so interessant werden würde, *wer hätte das gedacht?* Als Matthys zu mir gekommen ist, habe ich gespürt, wie müde er ist und doch hat ihn eine Freude durchströmt, die ich nicht einordnen konnte. Dann ist Lentje an meinem Strandkorb vorbeigelaufen und Matthys hat sich plötzlich angespannt und ... geredet. Er hat mit Lentje Boger gesprochen und aus den Worten, die die beiden miteinander reden, entnehme ich nicht nur, dass es auf der Insel zwei weitere Bewohner gibt, nein, auch dass die beiden sich kennen, dass sie eine Vergangenheit haben. Ich lehne mich zurück, was ich ja nicht kann, aber beobachte genau, was geschieht. Als Lentje sich neben Matthys setzt, da spüre ich es genau. Und beginne zu lächeln. O ja meine Magie erwacht. Wie schön. Und wie wundervoll dies doch wäre. Lentje also, wer hätte gedacht, dass sie es werden wird, die ich diesen Sommer glücklich machen werde. Verdient hat sie es allemal.

MATTHY SAATHOFF

Was für ein Tag. Ich sitze noch lange auf der Wiese im Gras und beobachte meine Tiere, die zwei Neulinge in der Herde, die langsam von den anderen begutachtet werden. Ich überlege mir für die beiden Namen und bestelle, wie für meine anderen Tiere, ziemlich überteuerte Namensschilder im Internet, die ich an ihrem Unterstand anbringen werde. Wie gesagt, wenn mich einer meiner Kollegen von früher sehen würde, erkennen und glauben, dass ich es bin, würde er ganz gewiss nicht. Ich kenne mich ja selber nicht mehr. Falsch, ich erkenne den Mann, der ich war, nicht mehr in mir wieder und muss dazu sagen, dass dies auch gut ist. Nachdem ich mir sicher bin, dass es den Tieren gut geht, steige ich in mein Auto und fahre zur Kate. Heute gebe ich zu, wird mir der Verlust meines Tiny-Houses so richtig bewusst. Denn ich fahre extrem ungern weg von hier. Viel lieber wäre es mir, wenn ich mich kurz duschen könnte und mich danach mit einem Bier auf meine Terrasse setzen und weiter auf die

Herde blicken könnte. Aber nun ja, das geht aus bekannten Gründen einfach nicht. Als ich die Straße zur Kate einbiege, da kommt mir wieder Lee in den Sinn, Lentje also. Das ... ich gebe zu, ich habe sie, es, verdrängt, als sie heute Nachmittag neben mir im Gras saß und wir meiner Alpakastute geholfen haben, ihre Kleinen zur Welt zu bringen. Ihr Duft ist immer noch in meiner Nase. Die Erinnerung kommt geballt zurück. Die Erinnerungen von vor beinahe zehn Jahren. Ich steige aus, stelle mich unter die Dusche, bereite mir eine Stulle Brot vor und dann beschließe ich, dass ich es nicht im Haus aushalte, ich muss raus. Selbst die Terrasse ist mir heute zu eng. Ich nehme mir zwei Flaschen Pils und laufe den schmalen Pfad über die Dünen zum Meer. Der Wind hat aufgefrischt und kommt von Westen. Als ich vor dem Strandkorb stehe, streife ich meine Schuhe ab und drehe ihn Richtung Osten, damit ich vom Wind geschützt bin. Stelle die beiden Flaschen in den Korb und gehe die paar Schritte zum Meer, das gerade hier ist. Stülpe meine Hose nach oben und watte einige Schritte durch das Wasser, den Sand und lasse die Wellen meine Füße umspülen. Die Kids, die in der Jugendherberge weilen, spielen Beachvolleyball und hören Musik aus einer Musikbox. Einige sammeln angeschwemmtes Holz, das jetzt im Frühjahr, wie mir Lars von der DLRG sagte, noch zuhauf am Strand liegt. Später im Jahr, sollte es keinen größeren Sturm geben, wird es weniger, da es von den Servicekräften oft entfernt wird oder wie heute von den Touristen am Strand aufgehäuft wird und abends Lagerfeuer angezündet werden. Was wiederum nicht mal so gerne gesehen wird. Die Auflagen sind streng, und heute, wenn der Wind so heftig pfeift, darf man oder sollte vernünftigerweise keines entfacht werden. Ich vermute, dass sie das Holz für die nächsten Tage schon mal sammeln. Als ich genug habe, drehe ich um und laufe den Weg zurück. Gehe aber erneut am Strandkorb vorbei Richtung Osten. Der Wind lädt einige Surfer und Kite-Sufer dazu ein, aufs Meer zu gehen. Mir wäre es zu kalt. Klar tragen sie Neoprenanzüge und trotzdem hat mich dieser Sport noch nicht in seinen Bann geschlagen, wobei ich glaube, dass das eine faule Ausrede ist. Der Grund ist einfach, ich müsste es wirklich lernen und ich stelle mich ungern blöd an, wenn andere mich dabei sehen und sie werden es nun mal sehen, wenn ich in einen Kurs gehe. Als ich Richtung Osten gehe, wird es mit jeder Minute stiller. Es gibt hier keine Strandkörbe, denn rechts vom Wasser fängt das Naturschutzgebiet an. Zwar darf man auch hier ins Wasser gehen und am Strand liegen, aber man sollte dies nicht unbedingt tun. Zudem ist es auch auf eigene Gefahr, da hier keine DLRG Station in der Nähe ist. Was hier sein können und das weiß ich auch von Lars und den Jungs, sind Seehunde. Normalerweise sind sie im Westen der Insel, südlich im Wattenmeer vor Wittdün, aber es kommt oft auch mal vor, dass sich welche hierher verirren. Man sollte die kleinen durchaus niedlich aussehenden Tiere nicht unterschätzen. Sie sind Wildtiere und sie können sich wehren. Ich muss da nur an King Charles denken. Er sieht aus, als könnte er kein Wässerchen trüben, aber wenn ihm etwas nicht passt, er gestresst ist, sollte man tunlichst nicht in seine Nähe geraten, denn dann könnte es sein, dass man eine unfreiwillige eklige Dusche erhält in Form von seiner Spucke. Das ist, wie gesagt, eklig. Ich drehe um und laufe direkt zum Strandkorb. Jetzt wird es richtig unangenehm, denn der Wind weht mir direkt ins Gesicht. Ich weiß, dass ich mich durch den Spaziergang ablenken wollte. Nicht mehr an Lentje denken wollte, an das, was war ... als ich im Strandkorb sitze, ich wieder zur Ruhe komme, da drängt sich Lentje erneut in den Vordergrund meiner Gedanken. Lee oder Lentje. Der Name passt viel besser zu ihr. Sie ist mir damals bereits ausschließlich positiv aufgefallen. Ihr ganzes Wesen, wie sie aussah. Sie lachte so viel, war immerzu fröhlich, auch wenn ich heute weiß, dass sie mit Sicherheit, nicht viele Gründe hatte, genau das zu sein, fröhlich. Heute, da ich davon Kenntnis habe, dass ihr Aufwachsen ein gänzlich anderes war als meines, kann ich auch andere Dinge an ihr viel besser einordnen. Ihre absolute Unabhängigkeit. Ihr Selbstbewusstsein. Ich glaube, ihr ist heute noch nicht bewusst, wie sehr sie das damals war und dies auch ausgestrahlt hat. Ihr Äußeres, hat die jungen Männer, die Studenten auf dem Campus und in der Stadt, einschließlich mich angezogen wie die Motten das Licht. Auf der anderen Seite aber, sind viele von ihnen - auch ich, mit dieser unbändigen Selbstständigkeit nicht zurechtgekommen. Irgendwie war Lentje viel reifer, viel erwachsener als wir alle zusammen. Sie hatte Spaß, sie lebte ihr Leben, sie machte Party, aber immer war da eine Ernsthaftigkeit an ihr wahrzunehmen. Ein Erwachsensein, dass wir noch nicht spüren konnten. Oder viele von uns nicht wahrhaben wollten. Die Nacht nach dieser Party, sie war ... sie hat mich ... ich wusste, dass ich mit einer Frau im Bett liege, die ... die ... anders war. Ich trinke an meinem Bier und sehe in die Ferne. Ich war zu jung dazu und da waren so viele neue Gefühle in mir, die ich nicht kannte, die mich ängstigten, und ich hatte auch keine Zeit dazu, sie zu analysieren. Ich wollte dieses verdammte Studium beenden, das ich benötigte, um mein Ziel zu erreichen, und das so schnell es geht. Ich wollte die Zulassung bekommen, als Broker zu arbeiten, bald, schnell und ich wusste einfach, dass dies mein Weg war ... damals. Deshalb bin ich gegangen. Ohne sie aufzuwecken, ohne mich zu verabschieden. Es war eines der schwierigsten Dinge, die ich je getan habe und dies ist mir nur gelungen, weil ich ... weil ich die Hosen gestrichen voll hatte von den Gefühlen, die in mir tobten, als ich sie schlafend im Bett liegen sah. Nur ... ich habe sie nie aus dem Kopf bekommen. Immer mal wieder sah ich sie auf dem Campus und in der Stadt. Sie war allgegenwärtig, auch wenn sie sich mir nicht mehr genähert hat. Ich hatte sie so mies behandelt und dann habe ich sie irgendwann mit einem anderen Kerl rumknutschen gesehen. Gut, ich war nicht besser. Bald darauf habe ich meine Zulassung als Broker bekommen, einen Arbeitsvertrag bei einer Großbank in Frankfurt. Ohne dass ich mein Studium beenden musste. Sie sind auf mich aufmerksam geworden und klar, ich habe sie auch mit ständigen Anrufen genervt und ihnen meine Ideen aufgezeigt. Letztlich wollten die Manager nur eines und das war einen Arbeiter, der was kann, und ich konnte viel. Ich arbeitete bis zur ... ja bis zur absoluten Erschöpfung. Ich erstarre, denn Lentje läuft in diesen Sekunden barfuß am Strandkorb vorbei. Sie sieht mich nicht, da der Korb ja in genau die Richtung ausgerichtet ist, in die sie geht. Dies lässt mir einen Moment, um sie zu betrachten. Sie ist schlank, sportlich und ihr Haar wird vom Wind zerzaust, obwohl sie es zu einem Zopf zusammengebunden hat. Sie sieht nachdenklich aus. Und sie scheint hier in der Ecke zu wohnen oder sie war bei ihrem Bruder zu Besuch. Gut oder bei ihrer Schwester, das wäre auch noch möglich. *Aber weshalb läuft sie alleine durch die Gegend? Denkt sie auch über den Tag nach? Über ... mich? Geht es ihr gleich? Hat auch sie die Erinnerung eingeholt?* Der Wind spielt mit ihrem Zopf. Als sie ein paar Schritte vorbei ist, spreche ich sie an. Als sie mich überrascht ansieht, da bin ich mir sicher, dass sie an dasselbe gedacht hat wie ich. Sie hat an früher gedacht, als wir uns zum ersten Mal begegnet sind. Ich bin ihr ebenfalls nicht mehr aus dem Kopf gegangen. Irgendwie erfüllt mich das mit Freude, auch wenn ich weiß, dass ... Ihre Worte bestätigen meine Vermutung.

»Was machst du hier auf Amrum und löst du dich hier auch wieder in Luft auf?» Ich deute auf die Flasche Bier und sie nimmt sie mir nach ein paar Sekunden aus der Hand und setzt sich zu mir in den Strandkorb. Im selben Moment, als ihr Duft in meine Nase strömt, bin ich mir nicht sicher, ob ich nicht einen Fehler gemacht habe und dann wieder ... zum ersten Mal seit langer Zeit spüre ich eine Reaktion in meiner Körpermitte. Seit meinem Zusammenbruch und der nachfolgenden Behandlung war da nicht mehr viel. Gut, seit einigen Wochen schleiche ich die Tabletten aus und nehme nur noch eine sehr geringe Dosis. Womöglich liegt es auch daran, dass ich meine Umgebung, die Frauen überhaupt wieder wahrnehme. Und jetzt lüge ich mich an, denn es liegt nur und ausschließlich an Lentje.

LENTJE BOGER

»Du hast mir nicht geantwortet. Weshalb Amrum? Und warum bist du überhaupt hier?« Er antwortet nicht sofort, trinkt stattdessen erneut aus seiner Flasche Bier. Sein Blick geht in die Ferne, nicht zu mir. Als ich jedoch schon dachte, er würde schweigen und nicht antworten – und ich bereits überlegte aufzustehen und zu gehen – beginnt er zu sprechen.

»Am Ende des vergangenen Jahres hatte ich einen vollständigen Zusammenbruch. Um ehrlich zu sein, scheint diese Zeit schon so weit entfernt. Ich erinnere mich kaum noch daran, wie elend ich mich gefühlt habe. Man vergisst solche Erfahrungen schnell, und doch prägen sie einen, oder sollten es zumindest. Der Mensch lernt nur ungern aus seinen Fehlern. Schon seit Wochen, nein, seit Monaten, ging es mir schlecht. Die Gedanken in meinem Kopf, sie kreisten unaufhörlich, und ich war nicht mehr in der Lage, sie zu stoppen. Mit Sex konnte ich mich meist erfolgreich ablenken, aber nur, wenn ich mich völlig verausgabte.

Oft kam ich spät nachhause, um nicht alleine ins Bett liegen zu müssen. Es gab immer etwas zu analysieren, zu lesen ... Wenn ich dort lag, war ich oft so aufgedreht, dass an Schlaf nicht zu denken war. Daher besuchte ich häufig bekannte Klubs. Dort suchte ich mir eine willige Frau, die sich nicht zierte und nicht mehr als ... na ja, du weißt schon wollte. Danach war ich meistens so erschöpft, dass ich drei Stunden schlafen konnte. Aber als die Börse in Hongkong öffnete, saß ich wieder vor dem Bildschirm und arbeitete. Ich verfolgte die Kursentwicklungen. Jahrelang schuftete ich ohne Unterbrechung. Ich, Lentje, machte Deals, die unglaublich waren und meinen Vorgesetzten, den Fondsanteilseignern und vor allem mir viel Geld einbrachten. Sehr viel Geld. Ich hantierte mit Millionen und Abermillionen. Kaufen und verkaufen von Aktien war für mich wie ein Spiel. Bald machte ich mir einen Namen in Risikogeschäften. Sprich, ich handelte mit Optionen und egal ... das ist viel Theorie und völlig verrückt, wenn man länger darüber nachdenkt. Nach meinem letzten erfolgreichen Risikogeschäft – zumindest in den Augen der meisten – passierte etwas mit mir. Es war für mich kein Erfolg. Denn ich hatte alles genauestens analysiert und berechnet, es war klar, dass es funktionieren musste ... für mich. Aber meine Kollegen, sie applaudierten alle. Sie klopften mir auf die Schultern. Mein Boss kam und nannte mich beim Vornamen, was wirklich nie vorkam. Doch innerlich fühlte ich mich tot. Ich scannte den Raum, suchte einen Ausweg nach draußen. Überlegte, wo die nächste Tür ist, die zu einer Treppe führt, die auf das Dach geht, um endlich den Stimmen in meinem Kopf Einhalt zu gebieten. Um Ruhe zu finden. Ehrlich gesagt, erinnere ich mich nicht mehr genau, was ich sagte, aber es war glaube ich nicht viel.

»Ich kündige.« Mehr war es nicht. Dann stand ich auf und ging hinaus, setzte mich in ein Taxi, das zu meinem Glück gerade vor dem Eingang stand. Ich schaffte es, dem Fahrer zu sagen, dass er mich ins nächste Krankenhaus fahren sollte. Offenbar sah ich schlimm aus, denn er tat dies ohne Nachfragen. Er fuhr direkt in die Notaufnahme, stieg aus und holte Hilfe für mich. Vielleicht hat er mich auch etwas gefragt, aber wenn er mit mir gesprochen hat, habe ich es nicht wahrgenommen. Ich habe es nicht gehört. Ich erinnere mich noch, dass ich in der Klinik mit einem Arzt sprach, der mich fragte, ob ich Selbstmordgedanken hätte. Diese Frage beantwortete ich mit Ja. Was ja keine Lüge war, denn es war tatsächlich so. Er sorgte dafür, dass ich schlafen konnte. Dass in meinem Kopf endlich Ruhe herrschte. Er gab mir eine Spritze und ich wurde in eine Privatklinik gebracht. Keine Ahnung, wann ich meine Zustimmung dazu gab, aber vermutlich irgendwann mal dazwischen in einer Wachphase. Aber das war meine Rettung. Nach zwei Wochen, in denen ich eigentlich nur schlief, begannen die Psychologen mit mir zu arbeiten. Die Ärzte untersuchten mich und machten mir klar, dass es so nicht weitergehen konnte. Zumindest nicht länger, denn sonst würde mein Herz dafür sorgen, dass ich Ruhe finde – auf dem städtischen Friedhof. Das war etwas, was ich zu diesem Zeitpunkt nicht mehr wollte, obwohl es mir zuvor als eine gute Alternative erschienen war. Nach diesen ausgiebigen Tagen der Ruhe, war ich mir aber sicher, dass ich das nicht wollte.« Er trinkt erneut aus seiner Flasche. Ich bin zunächst still, denn ich glaube, Matthys hat diese Geschichte noch nie jemandem erzählt, was er mir kurz darauf bestätigt. Es schmerzt mich, dass er sich und seinem Körper so viel zugemutet hat. Doch ich lasse ihn weitererzählen.

»Ich habe das noch nie einem Außenstehenden erzählt.«

»Was passierte danach?«

»Ich war dort vier Monate und die Psychologin war gut. Sie brachte mich auf andere Gedanken, auf neue Ideen, arbeitete mit mir und ich gebe zu, Lentje, das klappte auch. Allerdings auch nur so gut, weil ich das Geld dazu hatte. Ich musste mir keine Sorgen machen, dass ich, solange ich in der Klinik bin, die Miete nicht bezahlen konnte. Oder Frau und Kinder zuhause hatte, die ... du weißt, was ich meine. Wenn man nicht genügend Geld zur Verfügung hat und diese Krankheit einen anfällt, ist es noch tausendmal schlimmer. Denn die Auswege, die du dann hast, sind wieder voller Steine, die man zur Seite schaffen muss. Geld zu haben kann unheimlich hilfreich sein. Und ich bin mir bewusst, dass ich in einer ausgezeichneten Situation bin und dankbar sein sollte und es auch bin. Ich habe diese Probleme nicht. Ich weiß nicht, ob du davon Kenntnis hast, es in der Zwischenzeit von deinem Bruder mitbekommen hast, aber meine Großeltern stammen von hier. Meine Eltern haben nach ihrem viel zu frühen Tod allerdings alles hier verkauft. Heute sage ich, was für ein großer Fehler. Ich war dort, wo ich als Kind öfter zu Besuch war, es steht nun ein Hotel auf dem Grundstück. Zum Glück kann ich sagen, keines dieser hässlichen Teile, die verboten gehören, aber ich habe darauf kein Recht mehr. Meine Eltern wiederum sind ebenfalls sehr früh verstorben und deshalb hatte ich auch niemanden, der mich gestoppt oder ermahnt hat, mir deutlich gesagt hat, dass ich zu viel will, zu viel arbeite. Nun ja, die Ärzte in der Klinik, die waren direkt und ich habe erkannt, wie recht sie haben. Ich bin damals gegangen, weil ich begriffen habe, dass du, Lentje, eine Frau bist, die viel erwachsener ist, als wir alle es damals waren.« Er wechselt unvermittelt das Thema und ich erstarre.

»Du hast mir eine Scheißangst eingejagt mit den Gefühlen, die ich für dich empfand. Das ging nicht nur mir so. Du warst jung, fröhlich und selbstbewusst, und gleichzeitig warst du erwachsen, so ... du warst viel weiter in der Entwicklung, als wir, als ich. Ich konnte das, was du wolltest und nicht ausgesprochen hast, noch nicht. Aber ich habe erkannt, dass ich, wenn ich bei dir bleibe, du und ich, dass dies etwas sehr Ernstes werden würde. Deshalb bin ich gegangen. Ich dachte, dass ich meine Träume nicht mehr leben kann, wenn ich bei dir bleibe, dass du mich darin - ich weiß nicht, wie ich es sagen soll ... daran hinderst, hemmst. Heute ist mir klar, dass ich schlichtweg bescheuert war.« Ich höre ihm erstaunt zu. Damit hätte ich jetzt nicht gerechnet.

»Erwachsen? Ich?«

»Ja, und jetzt, seit ich hier bin und erfahren habe, wie du aufgewachsen bist, wie ihr aufgewachsen seid, verstehe ich es auch. Damals war ich einfach nur dumm und jung und hatte die Hosen gestrichen voll von den Gefühlen, die ich für dich empfand.«

»Du bist ehrlich.«

»Vielleicht etwas, was ich in dieser Therapie gelernt habe. Zu mir selbst ehrlich zu sein. Oder aber meine friesischen Gene drücken durch.« Ich muss lachen.

»Dazu redest du zu viel. Wie geht es dir heute?«

»Viel besser, aber ich glaube, man wird nie mehr so ganz gesund. Ich bekomme noch Tabletten. Zurzeit sind wir dabei, sie auszuschleichen, aber meine Ärztin meint, dass ich immer auf mich achten soll, auf Anzeichen, sollte ich wieder in diese alten Muster fallen, die Gedanken zu kreisen beginnen. Sie hat mir die Aufgabe gegeben, mein Spiegelbild jeden Morgen zu fragen, wie es ihm geht. Und ich sollte sie ganz dringend anrufen, denn seit heute Mittag kreisen die Gedanken nur noch. Doch ich glaube, sie würde diesen Grund jetzt nicht als bedrohlich empfinden.« Erneut muss ich schmunzeln und nehme nun meinerseits einen Schluck Bier.

»Möglich.« Dann aber werde ich ernst.

»Aber es geht dir jetzt besser?«

»Ja, tut es. Wirklich. Lentje?«

»Hm.«

»Was machst du hier auf Amrum und wo wohnst du? Denn die letzten Monate habe ich dich hier nicht gesehen.«

»Witta hat mich gebeten, sie den Sommer über in der Tierpraxis zu vertreten. Sie muss sich einer bereits seit längerem anstehenden Operation unterziehen und darf danach nicht sofort wieder loslegen. Ich habe zuerst gezögert, denn wenn ich ehrlich bin, ist mir eine eigene Praxis zu haben, viel zu viel Verantwortung. Das bin ich nicht. Es hängt eine Menge daran. Das mit den Abrechnungen, die Buchhaltung und die Löhne der Angestellten. Das Bestellen der Medikamente ... ich bin mehr praktisch veranlagt, und diese anderen Dinge, die klauen mir genau die Zeit, die ich für die Tiere benötige. Aber vor allem ... ich wollte immer nur weg von hier.«

»Das mit den Tieren, machst du verdammt gut. Du warst kein bisschen aufgeregt.«

»Du hast ja keine Ahnung.«

»Doch. King Charles oder auch Kleo, sie hätten das wahrgenommen. Sie waren zwar aufgeregt, aber ich bin mir sicher, dass der Grund einzig der war, dass es Kleo nicht gut ging. Dass sie gespürt haben, dass bei ihr etwas nicht richtig läuft.«

»Danke.«

»Wofür das jetzt?«

»Dein Lob?«

»Ach so.«

»Ich ... ich muss jetzt gehen.«

»Lentje?«

»Ja.«

»Es ist wieder etwas aufgewacht, und die Aussicht, dass du den Sommer über hier auf Amrum sein wirst, die sorgt dafür, dass in mir eine sehr große Freude ist. Können wir mal ... bei Meike Kuchen essen gehen?«

»**Im Leben nicht!**« Er zuckt zurück, denn meine Worte waren ziemlich deutlich und hart.

»Sorry, so war das nicht gemeint.«

»Schon in Ordnung.«

»Nein, Matthys, du hast das falsch verstanden. Wir können uns gerne mal treffen, sehr gerne sogar, aber bitte irgendwo, wo niemand ist. Also keiner, der am Inselfunkgerät sitzt, und der dafür sorgen wird, dass die Drähte glühen. Außerdem weigere ich mich, dich erneut hier in diesem Strandkorb zu treffen. Denn ...« Unvermittelt beginnt Matthys laut zu lachen. Er bekommt sich beinahe nicht mehr ein, und ich kann ihn einfach nur anstarren. Verdammt! Das ... das, was ich fühle, das ist nicht gut. Ich kann das nicht gebrauchen. Ich will ... dass, was er gesagt hat, meine Unabhängigkeit, sie gefällt mir, und doch ... wenn der Richtige kommen würde, dann ... *aber ist er das?* Ruckartig stehe ich auf. Matthys verstummt.

»Ich muss gehen.«

»Weil ich gelacht habe?«

»Nein. Doch. Weil wir hier sitzen und weil man diesem Strandkorb nachsagt ... und weil ... ich muss morgen arbeiten.« Ziemlich durcheinander stehe ich auf und laufe schnellen Schrittes den Strand entlang. Am Bohlenweg ziehe ich meine Schuhe an und erlaube mir erst jetzt zurückzuschauen. Was ich leichter nicht getan hätte, denn ich sehe genau, dass neben einem gewissen Strandkorb jemand steht und zu mir blickt. Schnell laufe ich weiter und gehe direkt in mein Zimmer. Lege mich aufs Bett und ... atme einige Male tief durch. Lasse dieses Gespräch Revue passieren und muss mir eingestehen, dass ich lächle. Dass ich seine Ehrlichkeit zu schätzen weiß und die Tatsache, dass er mich damals nicht verlassen hat, weil ich nicht gut im Bett war oder nur eine Nummer für ihn war. Sondern weil er, wie sagte er, die Hosen voll hatte. Weil er mehr für mich fühlte, weil er ... ich lächle und höre, dass es an der Tür klopft. Leevke.

»Lentje, ist alles in Ordnung mit dir? Du schienst vorhin so durcheinander und jetzt ... ich spüre, dass dich etwas bedrückt, dich beschäftigt.«

»Komm rein.« Als sie ins Zimmer tritt, sieht sie mich besorgt an. Doch als sie bemerkt, dass ich lächle, fragt sie nur: »Du hast ihn also getroffen?«

»Hm.«

»Sag jetzt nicht im Strandkorb.«

»Genau dort. Wir haben ein Bier getrunken und wir haben geredet und ...« Ich klopfe neben das Bett. Leevke zieht ihre Schuhe aus und setzt sich neben mich, genau wie früher. Ich lehne mich an sie und erzähle ihr von Matthys und auch, dass da Gefühle in mir sind, von denen ich dachte, dass sie mit der Zeit verschwunden wären. Aber sie sind wieder aufgeflammt, wie ein Vulkan.

»Bei mir waren es die Hummeln.«

»Was meinst du?«

»Ich dachte, sie wären ausgeflogen, würden nicht mehr in mir wohnen, aber dann ... als ich Leon sah, da schwirrten sie plötzlich wieder in meinem Bauch umher, als ob sie nie weg gewesen wären. Das war irgendwie beängstigend, und gleichzeitig fühlte ich mich wieder so ... gut. Ich verstehe sehr gut, was du meinst, und ich würde einen großen Bogen um den Strandkorb machen, wenn du denkst, dass er dir nicht guttut. Dass Matthys dir nicht guttut.«

»Verdammt, Leevke, was nur soll ich tun?«

»Das, Schwesterherz, kann ich dir nun wirklich nicht sagen. Vielleicht wäre es eine gute Möglichkeit, es einfach auf dich zukommen zu lassen?«

»Du behältst es doch für dich, oder?«

»Sicher, bei mir steht kein Funkgerät. Gut, nicht zum Inselfunk, aber wenn Levka oder Leeve fragen, dann ...«

» ... hältst du deine Klappe.«

»... werde ich sagen, dass ich glaube, dass der Strandkorb demnächst abgefackelt wird.« Beide beginnen wir fast gleichzeitig zu lachen und bleiben noch lange beieinander.

»Es ist schön, dass du hier bist. Auch wenn die ersten Tage nicht besonders angenehm waren. Und es ist noch wundervoller, dass du länger bleibst. Noch mehr aber, dass du ...«

»Sag es einfach nicht.«

»Dass du wieder diesen Glanz in den Augen hast, den ich bei dir vermisst habe. Auch wenn du mit Benno ...«

»Er hieß nicht Benno, sondern Bruno.«

»...mit nicht Benno, sondern Bruno hier warst, sah ich ihn nicht und sind wir mal ehrlich, Bruno? Wie kannst du einen Kerl daten, der Bruno heißt und der keine Krabbenbrötchen mag und der Fisch ... wie der Kerl den Fisch gegessen hat, das werde ich mein Leben lang nie mehr vergessen. Da ist es fast ein Segen, dass Leon es nicht sehen konnte, und das ist jetzt wirklich tiefschwarzer Humor.« Erneut kichern wir beide gleichzeitig los.

»Und er hatte diesen Tick ... mit den Socken und den Schnürsenkeln ... ich will sagen, Lentje, er war schon speziell, oder?«

»War er, aber eigentlich ganz in Ordnung.«

»Ganz in Ordnung? Das hört sich für mich genauso schlimm an wie nett. Man kann sehr viel in diese Wörter hineininterpretieren.«

»Nun ja, sein kleiner Bruno war nicht übel und wenn er auch ziemlich unbeholfen durchs Leben geht, im Bett ist er das wirklich nicht. Er hatte seine Vorzüge.«

»Lentje Boger, das will ich, als deine ältere Schwester, nicht hören, aber ja du hast recht, das kann einiges aufwiegen, über das man hinwegsehen kann. Eine gewisse Zeit lang.« Wieder kichern wir gemeinsam los. Ja, diese zwei Minuten, die sie älter ist als ich, die gibt es nun mal und somit ist sie meine ältere Schwester.

»Er sieht verdammt gut aus.«

»Bruno?« Ich schubse Leevke in die Seite.

»Matthys.«

»Ja, der ist eine Wucht. Der Bart macht ihn so richtig

verwegen. Steht ihm ausgezeichnet und seit er so viel draußen ist, und sich um die Tiere kümmert, hat er auch einen heißen Body. Zu Beginn, da war er wirklich ziemlich blass um die Nase und auch sehr unbeholfen. Lars und die Jungs haben sich das Drama, ein paar Tage mitangesehen, aber hatten dann ein Einsehen und haben ihn unterstützt. Natürlich erwarteten sie eine gewisse Gegenleistung dafür.«

»Woher, Schwester, weißt du, dass er einen heißen Body hat?«

»Eifersüchtig, kleine Schwester?«

»Ich bin größer als du ... aber möglich.«

»Er wurde von Lars überredet, als Gegenleistung für die Hilfe der Jungs, und das betone ich gerne, dass er beim DLRG mitmacht. Matthys hat einen dieser Kurse absolviert und so ganz zufällig war ich dort auch zur Auffrischung und ...«

»Leevke Boger, ich werde mit Leon morgen ein ernstes Wörtchen sprechen. So kann das ja nicht weitergehen.«

Wir reden noch stundenlang und auch wenn ich todmüde bin, ist es etwas Wundervolles, wieder mit Leevke zusammen im Bett zu liegen und zu tratschen. Früher haben wir das oft getan und als wir von der Insel weggezogen sind, die ersten Monate alleine in Dagebüll wohnten, auch noch. Doch dann ging jeder seiner Wege. Leevke hat eine Ausbildung begonnen und später ihr Studium absolviert. Und ich habe ebenfalls das erste Jahr eine Ausbildung gemacht, mich dann aber entschieden, in Hannover Veterinärmedizin zu studieren und dazu musste ich wegziehen. Auf eigenen Beinen stehen. Ein weiterer Schritt ins Erwachsenenleben. Doch immer war da diese Verbindung zwischen uns und heute ... heute freue ich mich so richtig auf die Zeit hier auf

Amrum. Auf den Sommer und auch wenn ich weiß, dass ich bald schon das Gesprächsthema Nummer eins unter den Insulanern sein werde, wenn ich mich öfter mit Matthys treffe. Interessanterweise stört es mich irgendwie nicht, auch wenn ich dies vorhin so vehement bei ihm im Strandkorb abgelehnt habe. Ich muss eingeschlafen sein, denn als ich wieder erwache, liege ich alleine im Bett, jedoch gut zugedeckt. Das Fenster ist leicht geöffnet und die frische Inselluft strömt mir in die Nase. Ein Lächeln ziert unwillkürlich mein Gesicht und wenn mir dies vor einem halben Jahr jemand gesagt hätte, dann hätte ich ihm das nicht geglaubt. Aber der Tag gestern, es war ... sensationell und doch so vollkommen anders als erwartet. Zuerst der Start in der Praxis, danach das Wunder der Geburt dieser beiden Alpakacrias und dann natürlich Matthys. Die Stunden im Strandkorb und danach ... endlich mal wieder so richtig ausgiebig mit Leevke quatschen. Es war ein rundum toller Tag. Heute ist Samstag und ich könnte noch länger liegenbleiben, doch die Sonne lockt mich nach draußen und auch eine Regelmäßigkeit, die ich mir angewöhnt habe. Joggen. Heute mal entlang am Strand von Amrum. Zügig ziehe ich mir die Sportklamotten an und laufe los. Mein Ziel ist die kleine Alpakaherde von Matthys. Das dürfte zu schaffen sein. Nach den Kleinen sehen. Nachschauen, ob sie die erste Nacht gut überstanden haben. Das ist es, was mich antreibt. Leider wird mein Hochgefühl etwas getrübt, da ich zuerst das abgebrannte Haus meiner Kindheit sehe. Immer noch ist dieser penetrante Rauchgeruch in der Luft. Ich versuche, es zu verdrängen, denn nur ein paar Schritte weiter kommt die Alpakaherde in Sicht und mit ihr auch Matthys, der mitten auf der Weide sitzt und die Tiere beobachtet.

»Moin, Lentje.«

»Moin, Matthys, auch schon so früh munter?«

»Ich musste nach den Kleinen sehen.«

»Ging mir tatsächlich gleich. Sie sehen zuckersüß aus und auch gesund. Nächste Woche werde ich sie impfen und chippen, damit sie registriert sind. Aber die ersten Tage lassen wir sie mal ankommen.« Auch wenn ich gerne noch länger geblieben wäre, verabschiede ich mich, da ich nass geschwitzt bin und ich mir keine Erkältung zuziehen möchte.

»Bis die Tage, Matthys.« Er nickt und winkt mir zu. Ich spüre seinen Blick im Rücken. Er beobachtet mich oder sieht mir nach, als ich den Strand zurück zum Haus von Leevke und Leon jogge. Dort stelle ich mich unter die Dusche und gehe danach zu den beiden auf die Terrasse. Sie frühstücken, wie immer, wenn das Wetter es zulässt, draußen. Lucky begrüßt mich schwanzwedelnd, aber bleibt brav an der Seite von Leon stehen. Er ist wirklich ein außergewöhnlich gutmütiger und gelehriger Hund für sein Alter. Normalerweise sind Blindenhunde erst mit einigen Jahren so gut wie er. Aber Leon und ihn verbindet ein unglaubliches Vertrauen. Vielleicht liegt es daran, dass Leon ihn sozusagen gefunden hat. Er ihn aufgenommen und versorgt hat.

»Moin, Lentje, du warst schon sportlich unterwegs?«

»Richtig, zukünftiger Lieblingsschwager, und sag nicht, dass ich noch müffle.« Er lacht.

»Nein, sicher nicht. Leevke hat mir erzählt, dass du mit Sportklamotten zum Strand gelaufen bist.«

»Das stimmt. Wo ist sie?«

»Hier, ich habe dir gleich einen Teller und eine Tasse mitgebracht. Zudem habe ich Tee aufgesetzt. Ich weiß ja, dass du, wie auch immer es passieren konnte, zur Fraktion Tee gehörst.« Ich muss lachen, denn ja, Leevke ist dem schwarzen Gebräu verfallen und als ihr Leon eine dieser exklusiven, unverschämt teuren Maschinen zum Geburtstag gekauft hat, da hat er ihr Herz in Gänze gewonnen. Hatte er natürlich bereits zuvor. Aber damit hat er gepunktet. Sie ist, hat mir Tanja erzählt, die ebenfalls zu dieser Fraktion gehört, noch besser als die ihrige. Ich musste so lachen und meinte schlicht: Da haben wir Teetrinker es doch einfach.

»Danke, Leevke.« Die nächsten paar Sekunden ist es einfach nur still und wir genießen alle drei die Ruhe des Morgens. Ich greife wie die anderen zu und schmiere mir ein Brötchen und beiße kräftig hinein.

»Die sind aber lecker, hast du die von Heike?« Leon antwortet mir unvermittelt und mit einem Stolz in der Stimme, den man durchaus heraushören kann.

»Nein, die hat Leevke selber gebacken.«

»Du sollst doch nicht petzen. Ich bin keine Hausfrau und ich ...«

»Du hast sie selber gebacken? Wer bist du und wo ist meine Schwester?« Wir lachen alle drei und sie meint leise.

»Hat Spaß gemacht, dies Mal auszutesten.«

»Leevke, du wirst doch nicht zur Hausfrau mutieren?« Jetzt hab ich sie. Denn damit kann ich sie ärgern, was ich auch gleich zu hören bekomme.

»Lentje Boger, werde nicht frech.« Ich grinse.

»Sie schmecken aber, das gebe ich zu, hervorragend. Sollte der unglaubliche Fall eintreten, dass man in diesem Land keine Steuerberater mehr benötigt, kannst du bei Heike anfangen. Denn gegessen wird auch noch werden, wenn es die Steuer nicht mehr gibt.«

»Da dies niemals geschehen wird, sei glücklich, dass du in den Genuss dieser einzigartigen Backkunst von mir kommst.« Erneut grinse ich sie an.

»Hab dich auch lieb, Schwesterherz.«

»Hm.« Leon beginnt nun seinerseits zu schmunzeln und fragt mich.

»Was hast du heute vor?«

»Ich denke, ich werde Tanja und Leeve einen Besuch abstatten. Ihn fragen, ob ich ihn noch bei irgendetwas unterstützen kann, was unser ehemaliges Zuhause angeht. Wenn er mich braucht, helfe ich gerne oder nehme ihm etwas ab, ansonsten werde ich mir heute einen schönen Tag machen und mit dem Rad eine Runde über die Insel drehen. Mich wieder schlaumachen, wo was ist und wer wo wohnt. Vor allem ob die einsamen, versteckten Plätze, immer noch genau das sind. Vielleicht schaue ich auch bei Meike vorbei. Lars sollte ich sagen, dass er im Notfall den Sommer über auf mich zählen kann. Ich denke, dass er sich darüber freut. Ich war auch in Dagebüll immer zur Stelle, wenn Not am Mann war, und habe mich jedes Jahr wieder auf die Saison vorbereitet. Dort einen Wochenendaufrischungskurs belegt.«

»Dazu wird er nicht nein sagen, er kann, was dies betrifft, penetrant sein. Lass dich nicht zu sehr einspannen.«

»Mache ich nicht, dazu habe ich gar keine Zeit. So wie ich das die ersten Tage erlebt habe, ist in der Praxis eine Menge los.« Gesagt, getan: Nach dem Frühstück hole ich das Rad aus der Garage und fahre zu Leeve rüber. Genehmige mir auch bei ihm noch eine Tasse und begrüße Lenny, der sich beinahe vor Freude nicht mehr einkriegt. Ein toller Hund und ich werde, wie heute Vormittag bei Lucky, etwas wehmütig. Danach, aber als ich es geschafft habe, ihn zu beruhigen, rede ich mit Leeve und frage ihn, ob ich noch was tun kann, was er verneint.

»Wir müssen warten, bis das Testament eröffnet wird, wenn es eines gibt. So wie ich vom Anwalt, den ich beauftragt habe uns zu vertreten, erfahren habe, sieht es danach aus, als ob es keines gibt. Du musst noch was unterschreiben, fällt mir gerade ein.« Er geht kurz ins Haus und ins Büro, holt ein Blatt Papier heraus und ich unterzeichne, ohne lange durchzulesen, was da steht. Leeve würde ich mein Leben anvertrauen.

»Wenn der Notar uns einlädt, werden wir wissen, was Sache ist. Danach aber, Lentje, werden wir uns zusammensetzen müssen und entscheiden, was wir mit dem Grundstück tun. Leevke hat mir gesagt, dass da einiges auf uns zukommen wird.«

»Was meinst du?«

»Erbschaftssteuern. Das Gute ist, dass wir vier sind und alle einen großen Freibetrag haben. Doch der wird nicht ausreichen. Das Grundstück liegt direkt an den Dünen. Man darf dort bauen und es ist über dreitausend Quadratmeter groß.« Ich nicke, denn ich kann mir gut vorstellen, was das bedeutet.

»Aber machen wir uns mal noch keine Sorgen. Genieße dein erstes Wochenende hier.«

»Mache ich. Ich begrüße kurz Odin und Thor, dann werde ich eine Runde über die Insel radeln.«

»Gute Idee.«

Wenig später fahre ich los und lasse mir den Wind um die Nase wehen. Überlege, wo ich zuerst hinfahren soll, denn eigentlich, ja eigentlich, war mein Ziel, nie mehr hierher zurückzukommen. Doch je länger ich radle, füllt sich mein Herz mit Erinnerungen. Nicht nur mit schlechten, sondern auch mit guten. Ich fahre an versteckten und einsamen Plätzen vorbei, die ich in meiner Jugend oft besucht habe, und bei einigen halte ich und mache eine Pause. Setze mich auf die angeschwemmten Holzstämme und muss grinsen, als ich erkenne, dass die Jugend sich immer noch gerne hierher verirrt, um den, leider herumliegenden, leeren Flaschen nach dem Alkohol zu frönen. An einem dieser Plätze habe ich meine Jungfräulichkeit verloren. Nachts, auf einer Decke liegend, mit, wie vermutlich viele tausende junge Frauen auch, zu viel Alkohol im Blut und einer ziemlich rosaroten unsichtbaren Brille auf der Nase. Er hieß Vincent. Ein Tourist und er sah so süß aus. Er war mit Freunden hier. Drei lange Wochen, und sie campten auf dem Campingplatz nahe Wittdün in den Dünen. Er war blond, braungebrannt und er hatte strahlend blaue Augen. Er sah einfach zum Träumen aus. Ich glaube, jedes Mädchen wünscht sich einen solch gut aussehenden Kerl für ihr erstes Mal und Vincent, der war nicht nur etwas älter, sondern vor allem erfahren und er ... er war ... ich lächle. Vincent hatte einen großen Anteil daran, dass ich nie Angst hatte, mit Männern zusammen zu sein. Ein junger, erfahrener Kerl hat mir ein perfektes erstes Mal beschert und auch noch die Wochen danach oft sehr süße Träume. Ich will sagen, solange er hier war, war ich die Nummer eins. Zumindest hoffte ich dies damals. Er hatte keine Vorurteile, was die Bogerkinder anging. Er kannte mich ja nicht wirklich. Das war auch in den folgenden Jahren nicht anders. Selten hatte ich eine längere Beziehung, einen Freund. Es waren meist nur Urlaubsbekanntschaften, die nach einer gewissen Zeit wieder abgereist sind. Wenn sie im kommenden Jahr wiederkamen, dann war ich oft keinen weiteren Blick mehr wert. Außer Vincent, das muss ich zugeben. Er war irgendwie anders. Vielleicht hätte es mit ihm sogar etwas werden können, wenn ich ihn später kennengelernt hätte. Mit ihm habe ich sogar heute noch Kontakt. Er ist längst verheiratet und hat zwei kleine Kinder. Ich muss ihn mal fragen, ob er zufällig diesen Sommer auch hier auf Amrum seinen Urlaub verbringt. Er kam nach einigen Jahren immer wieder im Urlaub hierher. Ich denke, er würde sich mit Matthys gut verstehen. Vincent arbeitet, wie Matthys es tat, auf einer Bank, glaube ich, oder so war mein letzter Stand. Jetzt, wenn ich an ihn denke, fällt mir auf, dass ich mich länger nicht mehr bei ihm gemeldet habe. Er ist immer noch ein verdammt gutaussehender Kerl und seine Frau ist eine kleine, temperamentvolle Frau mit südländischen Wurzeln. Sie sagt ihm, wo es lang geht und ich glaube nicht, dass er jemals einen Gedanken daran verschwendet, fremdzugehen. Er liebt Magdalena abgöttisch und seine beiden Jungs noch mehr. Seine Söhne heißen Linus und Lorenz. Er ist unglaublich stolz auf sie. Ich lächle, sammle die leeren Flaschen ein und packe sie in die Seitentasche. Schade, dass die Menschen so unvernünftig sind und alles liegen lassen. Vor allem hier, denn das ist ein Hotspot von Jugendlichen, die mit ihren Fridays for Future Demonstrationen für den Umweltschutz demonstrieren. Selber aber nicht unbedingt danach leben. *Denn weshalb können sie den mitgebrachten Müll nicht wieder mitnehmen?* Aber sie sind im Urlaub und da spielt scheinbar der Umweltschutz erst mal nicht die Rolle, die er ihrer Meinung nach für uns Erwachsene spielen sollte. Das alles soll jetzt gewiss nicht oberlehrerhaft klingen und so, als ob ich alles richtig gemacht habe oder es auch heute tue. Doch ein gewisser Stachel sitzt da in mir. Forderungen an die ältere Generation zu stellen, ist in Ordnung. Ein Umdenken herbeizuführen sowieso, gerade die Insulaner werden den Klimawandel zuerst zu spüren bekommen, doch so finde ich es nicht gut. Es ist ähnlich wie mit den Haustieren. Jedes Kind bettelt danach. Wie oft werden zu Geburtstagen und zu Weihnachten Tiere verschenkt und nur Wochen später, wenn der Winter vorbei ist und die Kids herausfinden, was es bedeutet, ein Haustier zu versorgen, dann werden sie entweder an die Eltern abgeschoben oder ausgesetzt. Meist landen sie im Tierheim. Das schmerzt mich und ja, mir ist bewusst, dass viele sich nicht vorstellen können, was es bedeutet, ein Haustier zu halten, aber man könnte sich zuvor genauer darüber informieren. Mal im Tierheim aushelfen oder bei Nachbarn fragen, sich informieren und so auch die weniger tollen Dinge mitbekommen. Wieder klinge ich oberlehrerhaft, was ich gar nicht will. Aber so was treibt mich um. Wenn ich in die verzweifelten Augen dieser Tiere sehe, die im Tierheim abgeliefert werden und nicht wissen, was mit ihnen passiert, das schmerzt mich. Ich selbst habe kein Tier. Noch nicht. Ich habe jeden Tag mit Tieren zu tun, liebe sie und tue wirklich alles für die Vierbeiner. Deshalb ist es für mich im Augenblick nicht möglich, selber einen Hund zu halten, denn das wäre mein Tier der Wahl. Ich bin schon etwas neidisch, wenn ich Leeve mit Lenny sehe oder auch mitbekomme, wie Lucky treu Leon hilft. Doch einen Hund zu halten, das fordert Unmengen an Zeit und Aufmerksamkeit und die habe ich mit einem Vollzeitjob schlicht nicht. Ich würde einem Tier niemals antun, acht Stunden am Tag, alleine in einer Wohnung zu sitzen und ... egal, wer weiß, was die Zukunft mit mir vorhat. Im Augenblick kann ich den Tieren helfen, aber selber keines haben. Ich habe sozusagen sehr viele Tiere. Lachend schnappe ich mir eine weitere Flasche im Gebüsch. Sie ist kaputt. Mist, das ist gar nicht gut. Vorsichtig, um mich selber nicht zu verletzen, sammle ich die Scherben auf. Wie gesagt, ich kann die Umweltschützer zum Teil verstehen, manchmal aber dann wieder ... egal. Mit nunmehr vollen Taschen, die am Fahrrad zum Glück befestigt sind, fahre ich weiter. Zu den Seehundbänken und stelle mich dort dem Leiter der Schutzstation vor. Sie haben eigene Tierärzte, die die Seehunde, die verletzt sind, versorgen und auch die verlassenen Kleintiere aufziehen, um sie später wieder auszuwildern. Aber ein Tierarzt ist nun mal ein Tierarzt und hier im Norden, da kommt es fast immer mal vor, dass auch ein stinknormaler Kleintierarzt mal ein Wildtier versorgen muss, wenn sonst niemand zur Stelle ist. Und deshalb stelle ich mich vor.

»Sie vertreten Witta?«

»Ja und sehr gerne, Lentje.«

»Boger. Sind Sie, bist du, mit Leeve Boger verwandt?«

»Das bin ich, ich bin seine Schwester.« Er sieht mich an. Ich runzle mit der Stirn.

»Ist das ein Problem?«

»Überhaupt nicht, ich überlege nur gerade. Der Brand, es war euer Vater, der umgekommen ist, oder? Mein Beileid.«

»Danke.«

»Ihre ... deine Handynummer nehme ich gerne für Notfälle. Es sieht aber zurzeit richtig gut aus. Wir sind gut versorgt und hatten dieses Frühjahr nur wenige Patienten und verlassene Jungtiere, aber es kommt immer wieder vor, dass sich Tiere in den Netzen verfangen und sich dabei verletzen.« Nachdem ich auch noch bei Lars war und mich bei ihm gemeldet habe, verspüre ich Hunger. Meike. Ich beschließe, mich dem sowieso unvermeidlichen zu stellen und nach Nebel zu fahren und mich dort verwöhnen zu lassen. Nachdem ich noch die Flaschen im Glascontainer entsorgt habe, radle ich direkt nach Nebel. Stelle das Rad ab und bereits, als ich den Vorgarten betrete, in dem Meike Tische und Stühle aufgestellt hat, sehe ich Matthys an einem Tisch sitzen. Er sieht nur zu mir und will mir die Entscheidung überlassen, ob ich mich zu ihm setzen möchte. Er wird sich an meine Worte von gestern Abend erinnern. Ohne zu zögern, trete ich zu ihm an den Tisch.

»Darf ich mich zu Ihnen gesellen, Matthys Saathoff?« Ich lächle ihn charmant an und bin mir völlig im Klaren darüber, dass Meike durch die Tischreihen wandert und sich uns nähert. Offensichtlich will sie mithören – kein Wunder, immerhin steht das sprichwörtliche Inselfunkgerät vermutlich gleich hinter der Theke. Sie ist es auch, die den Gesprächsfaden aufnimmt.

»Ich habe bereits vernommen, dass ihr euch kennengelernt habt.«

»Wirklich? Und wer hat dir das zugetragen?« Ich fordere sie spielerisch heraus, was Matthys scheinbar erkennt, seinem schelmischen Schmunzeln nach zu urteilen.

»O, ich habe keine Ahnung, wer es mir genau erzählt hat. Hier sind ständig Menschen, die für einen kurzen Plausch vorbeikommen. Einer von ihnen wird es wohl erwähnt haben. Die kleinen Alpakas dürften die Attraktion dieses Sommers werden. Du möchtest dich zu Matthys setzen?«

»Genau.«

»Was darf ich dir anbieten?«

»Ein Stück Torte und eine große Tasse Tee, bitte.«

»Kommt umgehend.«

»Meike?« Sie wendet sich um.

»Könntest du mir bitte noch ein großes Glas Wasser bringen?«

»Natürlich, mache ich.«

MATTHYS SAATHOFF

Ich sehe Lentje noch länger nach, bis sie den Bohlenweg über die Dünen nimmt und zum Anwesen ihrer Schwester geht. Dass ich ihr so viel anvertraut habe, irritiert mich, gebe ich zu. Auf der anderen Seite fühlte es sich vollkommen richtig an. Mit einem letzten Blick zu ihr nehme ich die beiden Flaschen und laufe auch zu meiner Kate. Ich bin ruhiger geworden, aber noch nicht müde. Die Aufregung am Tag hatte es in sich. Aber es ist eine durch und durch positive Aufregung. Alleine Lentje ... Im Bett liegend denke ich unwillkürlich an die Nacht mit ihr zurück. Diese Erkenntnis, die damals in mich gedrungen ist, und gleichzeitig diese Angst ... Ich habe Lentje nicht angelogen, als ich ihr davon erzählt habe. Es war genau so. Was ich ihr verschwiegen habe, ist jedoch, dass ich sie ein Jahr später wirklich gebraucht hätte. Damals, als meine Eltern nacheinander in so kurzer Zeit gestorben sind. Da war ich nicht nur einmal kurz davor, mich ins Auto zu setzen und zu ihr zu fahren. Vielleicht hätte ich es tun sollen, und dann wieder ...

Ich hätte das, was ich erreicht habe, nicht geschafft, wenn ich eine Frau an meiner Seite gehabt hätte. Die Beziehung wäre vermutlich irgendwann im Streit auseinandergegangen, da wir uns beide auf unsere Karrieren gestürzt hätten. Keiner hätte einen Rückzieher gemacht. Lentje, die darauf bedacht war, unabhängig zu sein, und ich, der etwas erreichen wollte, und doch ... womöglich täusche ich mich auch. Während ich an sie denke, tue ich etwas, was ich seit Monaten nicht getan habe, und nur wenig später beende ich es mit einem Lächeln im Gesicht und Lentjes Angesicht vor meinem inneren Auge. Das verwundert mich selbst am meisten und bewirkt, dass ich endlich schlafen kann und dass sich die Nerven wirklich beruhigen. Am frühen Morgen wache ich jedoch wieder auf, und der erste Gedanke wandert zu den kleinen Crai. Ich muss nachsehen, ob es ihnen gut geht. So schnell es geht, ziehe ich mich an und fahre mit dem Fahrrad die paar Kilometer zur Wiese. Der Rauchgeruch hängt immer noch über der Landschaft. Das wird auch noch einige Tage so bleiben. Abhilfe würde vielleicht ein Regenguss bringen, aber wer weiß das schon. Ich bin gespannt, was die Geschwister mit dem Grundstück anstellen. Es wäre perfekt für mich, aber ich würde niemals so unverschämt sein und sie jetzt, da der Tod ihres Vaters noch nicht einmal so richtig verdaut ist, fragen, was sie damit vorhaben. Mich in die Reihe der Geier wie Leeve sie nannte einordnen. Das, was ich am Morgen mitbekommen habe, als der Leichnam noch nicht einmal geborgen war, hat mir gereicht. So tief sinke ich nicht. Wenn es soweit ist, werde ich es erfahren, aber ich vermute, dass sie selbst noch nicht einmal wissen, was sie damit machen werden, zumal es auch ein Testament geben könnte, in dem sie gar nicht bedacht sind. Ich lächle, als ich die kleinen Crais im Schutz der Herde bereits draußen bei Kleo stehen sehe und sich ihr Frühstück holen. Ich mache ein paar Fotos mit dem Handy, auch wenn es niemanden gibt, dem ich sie schicken könnte. Aus irgendeinem Grund schicke ich eines an meine Psychologin. Sie sieht es an den zwei blauen Haken nach und schickt mir kurz darauf sogar eine Nachricht.

»Das sieht alles sehr erfreulich aus, Herr Saathoff. Sie haben die richtige Entscheidung getroffen, alles hinter sich zu lassen und diesen Neubeginn zu wagen. Wenn das nicht der Fall wäre, würden Sie nicht am Samstagmorgen um 6:18 Uhr auf einer Weide stehen und sich an zwei Babyalpakas erfreuen, sondern entweder schlafen oder bereits vor Ihrem Laptop sitzen, um Aktienkurse zu überprüfen. Es ist schön, dass Sie es geschafft haben, sich auf etwas anderes zu konzentrieren, Sie Ihr Augenmerk auf neues richten, aber noch mehr freut es mich, dass Sie wieder Freude verspüren.« Sie hat recht damit. Es freut mich, die Alpakas zu beobachten, und noch mehr freut es mich, als wenig später Lentje joggend in Richtung Weide läuft. Noch hat sie mich nicht bemerkt, aber kurze Zeit später sieht sie mich im Gras sitzen, kommt zu mir, und wir reden ein paar Worte. Es fühlt sich gut an. Richtig gut. Und für einen kurzen Moment denke ich an den gestrigen Abend, als sie gegangen war und ich im Bett lag. *Wie es wohl wäre, wenn sie neben mir einschlafen und am Morgen neben mir erwachen würde?* Ich ... Sie verabschiedet sich bald wieder, denn sie ist nassgeschwitzt, und klar, sie sollte, da sie ja die Vertretung von Witta in der Praxis übernommen hat, tunlichst nicht krank werden.

»Bis die Tage, Lentje.« Ohne dass wir etwas ausmachen, verabschiede ich mich von ihr.

»Schönen Tag dir,« meint sie und verschwindet. Ich selbst bleibe noch ein paar Minuten sitzen, dann radle ich zur nächsten Bäckerei und hole mir dort ein paar Brötchen. Fahre weiter zur Kate und frühstücke. Danach muss ich meinen zerstörten Haushalt in Ordnung bringen. Ich muss einkaufen. Außer den paar Klamotten, die ich retten konnte, habe ich nichts mehr. Deshalb nehme ich meinen Pick-up und fahre nach Wittdün. Dort suche ich mir einen Parkplatz und mache die Verkäufer einiger Kleidungsgeschäfte glücklich, da ich angefangen, bei den Boxershorts nicht mehr viel besitze. Ich erwerbe einige T-Shirts, ein paar Jeans, kurze Hosen, einfach alles, was man benötigt. Es folgen auch Jacken und Arbeitshandschuhe, wirklich alles, was mir gerade in den Sinn kommt und was ich für den Sommer brauche. Auch eine Badehose, obwohl das Wasser noch zu kalt ist. Aber ich habe zumindest nun eine zuhause im Schrank liegen. Zuletzt gehe ich in ein Geschäft, das Friesennerze verkauft, und kaufe auch dort eine Jacke ein. Denn ja, man braucht diese gelben Nerze, vor allem, wenn man Tiere hat, die man bei Regen versorgen muss, und es kann wirklich regnen und stürmen hier auf Amrum. Das durfte ich diesen Winter einige Male miterleben. Als ich endlich fertig bin - ich gebe zu, dass ich keine große Eile an den Tag gelegt habe und auch hin und wieder länger mit dem ein oder anderen geredet habe, fahre ich zurück und beschließe spontan, bei Meike im Café einen Stopp einzulegen, um dort einen Tee und einen Kuchen zu essen. Kaum sitze ich und Meike hat meine Bestellung aufgenommen und ein paar

Worte mit mir gewechselt, kommt Lentje mit dem Fahrrad zum Café und hält an. Sie stellt das Rad ab und tritt durch die Tische direkt auf mich zu. Sie hat mich also gesehen. Ich bin gespannt. Ich halte mich etwas zurück, denn ihre Worte von gestern Abend sind mir noch deutlich in Erinnerung. Der Inselfunk. Sie scheint jedoch - und das freut mich ungemein - eine Entscheidung getroffen zu haben, denn sie spricht direkt auch mit Meike. Innerlich muss ich über den kleinen Schlagabtausch, den ich höre, schmunzeln. Wenig später stehen vor uns beiden große Tassen mit herrlich duftendem Tee und ein wunderbar anzusehendes und köstlich schmeckendes Stück Torte. Ich mochte Kuchen schon immer, nur hatte ich selten Zeit, mittags einfach so in ein Café zu gehen. Tagsüber habe ich nun mal gearbeitet, und abends schmeckt Kuchen schlicht nicht. Es wird eine rundum gemütliche Stunde, und ich erzähle ihr von meinen Einkäufen. Sie erzählt mir wiederum, dass sie sich den Ort angesehen hat, an dem sie ihre Jungfräulichkeit verloren hat. Ich gebe zu, dass ich sie für einen Augenblick nur ansehe. Fassungslos, wie sie das einfach so sagen kann. Typisch direkt, typisch friesisch und typisch Lentje.

»Mach deinen Mund wieder zu und tu nicht so, als ob dich das geschockt hat.« Ich schüttle nur den Kopf und kann noch nichts sagen. Sie aber redet einfach weiter, und mit jedem Wort, das aus ihrem Mund kommt, bin ich mir sicher, dass ich diesen Vincent hasse. Sie kichert, als ich genau das sage.

»Ich hasse den Kerl.«

»Tust du nicht, du wirst ihn sogar mögen. Vielleicht kommt er ja diesen Sommer hierher, um Urlaub zu machen. Er hatte im Herbst davon gesprochen, hierherzufahren, wenn ich mich richtig erinnere.« Leise murmele ich vor mich hin.

»Es wird Tote geben, wenn er dieses Vorhaben umsetzt.« Das entlockt Lentje wieder ein Kichern. Sie redet einfach weiter.

»Magdalena, seine Frau, ist eine heißblütige, temperamentvolle Lady. Sie wird Vincent schon unter Kontrolle halten. Dazu haben sie zwei Jungs, die in einem Alter sind, in dem der Vater der größte Held ist, den es gibt und die ihn nicht aus den Augen lassen werden. Seine Aufmerksamkeit fordern. Er wird überhaupt keine Zeit haben, auch nur den Kopf in meine Nähe zu drehen. Hey, Matthys, es gefällt mir, dass du eifersüchtig bist.«

»Ach ja?«

»Und das wiederum ... Ich finde das extrem seltsam. Aber irgendwie auch schön.«

»Dass ich mir gerade vor meinem inneren Auge vorstelle, wie du und er an einem stillen, einsamen Platz in den Dünen ...« Wieder ist es Lentje, die herzhaft loslacht, und uns beiden ist der Blick bewusst, den uns Meike zuwirft. Wir zahlen, als wir fertig sind, um den Vermutungen nicht noch mehr Nahrung zu geben, und Lentje fährt mit dem Rad weiter, während ich mit dem Auto zur Kate fahre und meine Einkäufe in den Schrank räume. Der Samstag vergeht so schnell, und nach einem weiteren Besuch bei den Tieren sitze ich bald wieder im Strandkorb und hoffe darauf, dass sich Lentje vielleicht auch hierher verirrt. Aber sie tut es heute nicht. Als es nach zehn Uhr ist, bin ich mir sicher, dass sie nicht mehr auftauchen wird. Ich seufze und stehe auf, um zur Kate zurückzugehen. Trotzdem war es ein toller Tag.

STRANDKORB SIEBEN

Er hat auf sie gewartet, mein Besitzer auf Zeit. Meine Magie zeigt bereits Wirkung, leider ist Lentje jedoch nicht wie gestern zu ihm gekommen. Aber das wird schon noch werden, ich bin mir sicher, dass sie sich nicht lange von ihm fernhalten kann. Morgen ist auch noch ein Tag, und die Abende sind in diesen Tagen sowieso am längsten, da die Sommersonnenwende bald ansteht. Der längste Tag des Jahres ist bald schon wieder erreicht. Ich bin gespannt, ob es ein großes Fest in Nebel am Strand geben wird. Leider bekomme ich hier in Norddorf davon nicht besonders viel mit, aber die laute Musik schallt an diesem Abend sicher sogar bis hierher. Es heißt ja, dass diese Nacht magisch ist. Wenn also meine Magie nicht ausreicht, die beiden davon zu überzeugen, dass sie zusammengehören, vielleicht sind es dann die Geister dieser Nacht.

LENTJE BOGER

Leevke weiß sehr genau, wie es in mir aussieht. Am liebsten würde ich an den Strand gehen, aber mein Stolz lässt es einfach nicht zu, dass ich dem Drang nachgebe und zu ihm laufe wie ein verliebtes junges Mädchen. Gestern bin ich schon nicht zum Strandkorb gegangen, und auch heute bleibe ich auf der Terrasse bei Leeve und Tanja sitzen, die uns eingeladen haben. Mich, Leevke und Leon. Ole hat frischen Fisch gebracht, und der Duft von viel Knoblauch, frischen Kräutern und Zitrone erfüllt die Luft. Tanja hat noch Kartoffeln im Ofen und einen Kräuterschmand vorbereitet. Wenn ich ehrlich bin, läuft mir das Wasser im Mund zusammen.

»Das riecht so lecker. Ich glaube, das Essen schmeckt hier auf der Insel tatsächlich besser als auf dem Festland«, sage ich und Leeve grinst.

»Kann aber auch daran liegen, dass du mit dem Rad unterwegs warst. Man hört, du hast eine ordentliche Runde gedreht«, antwortet er und ich schüttle den Kopf.

»Leeve, was wird geredet?«, fragt Tanja neugierig.

»Nun ja ...«, beginnt Leeve.

»Raus mit der Sprache«, fordere ich ihn auf.

»Es wird gemunkelt, dass du dich ganz zufällig bei Meike mit Matthys getroffen hast und keiner daran glaubt, dass es Zufall war. Frieda ist der Überzeugung, dass ihr spätestens nächstes Jahr heiraten werdet und es für Witta ein Segen ist, dass du in die Praxis einsteigen wirst. Ach ja, und dann noch ...«

»Ich glaub es ja nicht«, unterbreche ich ihn lachend, und sowohl Leeve als auch Leon schauen mich neugierig an.

»Hallo. Danke für die Einladung, es riecht ja bereits köstlich«, erklingt eine Stimme von der Terrasse her. Blitzschnell drehe ich meinen Kopf zu Leeve, der mir zuzwinkert.

»Hallo Matthys, schön, dass du Zeit hast«, begrüßt Leeve ihn.

»Ich glaube, ich wäre ziemlich dumm, wenn nicht. Der Duft zieht bis rüber auf die Terrasse meines vorübergehenden Zuhauses. Hallo Lentje«, sagt Matthys und richtet dann seine Aufmerksamkeit auf Leevke und Leon.

»Hi«, antworte ich knapp und sehe auch zu Leevke, meiner Schwester, die mit einer Handbewegung in meine Richtung andeutet, dass Matthys »hot« ist. Das bringt mich zum Lachen. Und als Leon sogar noch genau das kommentiert, obwohl er es nicht sehen kann, bin ich für einen Moment sprachlos und sitze einfach nur da.

»Leevke meint, dass du verdammt heiß ausschaust. Ich glaube, ich muss mehr trainieren, oder aber sie will Lentje damit sagen, dass sie dich bloß nicht von der Angel lassen soll.« Matthys wendet den Blick auf mich. Mein Gesicht verrät, dass ich rot werde, und plötzlich breitet sich Stille aus, gefolgt von einem gemeinsamen Lachen. Leeve schenkt uns allen Wein ein, und ich gestehe, der Abend wird unglaublich schön. Lenny und Lucky haben genauso viel Spaß und tollen herum, bis sie müde sind und dann zusammen in Lennys Körbchen liegen. Die beiden verstehen sich sehr gut. Nach dem Essen stehe ich auf, um mir die Füße zu vertreten und ein wenig zur Ruhe zu kommen. Dass Matthys mir folgt, sorgt dafür, dass ich nicht zur Ruhe komme. Ich gehe langsam zur Koppel, und die beiden Esel Thor und Odin traben tatsächlich zu mir.

»Na ihr beiden, alles gut bei euch? Ob es euch gut geht, muss ich nicht fragen, ich weiß ja, dass das so ist. Ihr bekommt das allerbeste Heu, das es hier auf der Insel zu erhalten gibt, und noch besseres direkt aus den Alpen. Ihr habt euch wirklich einen besonderen Besitzer ausgesucht«, sage ich zu den Eseln.

»Sie heißen Thor und Odin?«, fragt Matthys.

»Ja, nach den Göttern des Nordens. Ich finde, dass diese Namen hervorragend zu den beiden passen«, erkläre ich.

»So ging es mir mit King Charles. Ich weiß, dass es eigentlich Majestätsbeleidigung ist, aber Charles hat manchmal diesen Gesichtsausdruck, den ich auch bei seinem Namensvetter sehe«, erzählt Matthys. Das bringt mich zum Lachen. Als ich mich zu Matthys umdrehe, bemerke ich erst jetzt, wie nah er mir ist und dass meine Augen direkt in seine blicken und seine Lippen ... da ist ein Summen in mir. Bevor ich es mir anders überlege, lege ich meine Lippen auf die seinen. Ich schmecke den Fisch, den wir gegessen haben, die Kräuter und auch den Wein, den Matthys getrunken hat, aber noch viel mehr schmecke ich ihn. Meine Erinnerung an damals ist wieder vollständig da.

Ich habe seinen Geschmack nicht vergessen, nur in einer Ecke meines Gedächtnisses abgelegt, und er ist nun mit voller Wucht wieder in mein Bewusstsein getreten. Ich kann nicht sagen, wie lange dieser Moment dauert, nur dass ich irgendwann Gelächter höre und das Wort »Frieda hatte wohl recht« oder so ähnlich. Das lässt mich langsam wieder in die Realität zurückkehren.

»Sie lachen, uns aus«, sage ich.

»Ist mir egal, küsse mich bitte weiter, Lentje. Bitte. Ich glaube nicht, dass dein Bruder hier ein Funkgerät hat, und soweit ich weiß, können Esel nicht mit Menschen kommunizieren. Oder ist dir als Tierärztin da etwas anderes bekannt?«, fragt Matthys und hält mich zurück, als ich mich von ihm lösen will. Meine Stirn lege ich an seine.

»Ich weiß nicht, was hier passiert, Matthys, und irgendwie geht es mir zu schnell. Bist du mir böse, wenn ich ... wenn ich dich nach Hause schicke, wenn ich ... vergiss, was ich sage. Komm, lass uns zu den anderen gehen«, sage ich schließlich. Wir werden von lachenden, aber auch neugierigen Blicken begrüßt. Leevke weiß bereits, dass ich Matthys kenne, und auch Leon ist eingeweiht. Doch Leeve und Tanja haben keine Ahnung, und deshalb erzähle ich ihnen davon.

»Matthys und ich kennen uns schon lange«, berichte ich. Damit erlange ich die Aufmerksamkeit meines Bruders.

»Wir haben uns nur lange nicht mehr gesehen. Sehr lange, um genau zu sein. Ich habe ihn während des Studiums kennengelernt, und ... ja, da war auch mal mehr. Doch das Leben geht weiter, und er hat seine Karriere angestrebt, ich die meine. Dass wir uns hier auf Amrum wiedergetroffen haben, hat mich ziemlich überrascht.

Zumal ich ihn unter dem Namen Matthias kannte. Er kannte mich übrigens als Lee. Matthys meinte, dass bei euch kein Inselfunkgerät steht, und ich kann darauf vertrauen, dass ihr das für euch behaltet. Ich ... es ... ich werde jetzt gehen, denn morgen wird es ein harter Tag in der Praxis werden, da ich am Freitagnachmittag bei den Alpakas war und wir viele Termine absagen mussten. Deshalb wünsche ich euch noch einen schönen Abend«, sage ich und verabschiede mich eilig. Ich gehe alleine und auch ziemlich schnell. Ich muss nachdenken, und ich muss mich wirklich ausschlafen, denn ich habe nicht gelogen, morgen wird ein harter Tag. Als ich im Bett liege, nehme ich trotzdem mein Handy zur Hand und rufe Vincent an. Ich bin durcheinander, und ich habe schon lange nicht mehr mit ihm telefoniert. Aber er ist jemand, dem ich vertraue und der zuhören kann.

»Lentje? Was ... ist was passiert? Geht die Welt unter, und ich bin der Auserwählte, dessen Stimme du zum letzten Mal hören willst? Ich fühle mich auch, wenn es zu Ende geht, sehr geehrt«, sagt Vincent mit seinem typischen Humor. Schon damals mochte ich diesen Humor.

»Ich bin auf Amrum«, antworte ich.

»Wie bitte? Jetzt habe ich wirklich Angst um dich. War das nicht die Insel, auf die du nur im absoluten Notfall wieder länger einen Fuß setzen wolltest?«, fragt er besorgt.

»Da hast du absolut recht. Aber Vincent?«

»Ja?«

»Mein Vater, er ist tot. Verbrannt in seinem eigenen Haus. Aber das ist nicht der Grund, weshalb ich durcheinander bin oder hier bin oder doch und dann wieder nein, er ist nicht der Grund. Ich war heute an unserem Platz. Ich meine ... du weißt schon, wo, und habe mich an die Tage erinnert, oder an die Nächte. Und dann ist da Matthys. Er ...«

»Weißt du eigentlich, dass du mir gerade eine Scheißangst einjagst? Lentje, wer bist du, und was ist mit dir passiert? Ich kenne mein Mädchen so nicht«, unterbricht Vincent mich besorgt.

»Dein Mädchen?«, frage ich überrascht.

»Und wer ist er?«, will Vincent wissen.

»Ich wollte es dir gerade erzählen, aber du lässt mich ja nicht.« Sage ich, und wir lachen beide. Dann werde ich still.

»Es tut mir leid wegen deines Vaters, auch wenn ich weiß, dass du ihn gehasst hast. Letztlich war er dein Vater«, sagt Vincent.

»Hm. Ich habe mit ihm mal eine Nacht verbracht, und nicht nur das, ich glaube, ich war richtig in ihn verliebt, aber er ... er war am nächsten Morgen weg und hat mich behandelt, als ob ich Luft wäre. Und ... wir haben uns geküsst«, erkläre ich. Vincent ist klar, dass ich nicht über meinen Vater spreche.

»Lentje, langsam. Das waren so viele Informationen, die muss ich erst einmal verarbeiten«, sagt Vincent und führt nebenbei ein kurzes Gespräch mit Magdalena.

»Es ist Lentje. Sie hat einen Kerl geküsst«, höre ich ihn zu Magdalena sagen. Dann wendet er sich wieder mir zu.

»Ich gestehe, eine dieser Informationen macht mich regelrecht eifersüchtig. Du hast einen Kerl geküsst? Du küsst zwar öfter Kerle, aber du hast mir nie von einem erzählt, geschweige denn von ihm in diesem Tonfall gesprochen«, sagt Vincent.

»Ja, habe ich, und Thor und Odin haben zugeschaut«, erzähle ich.

»Wer?«

»Außerdem besitzt er ein Alpaka, das King Charles heißt, und ...«

»Lentje! Gnade! Ich kann nicht so schnell denken, ich bin ein Mann!«, unterbricht Vincent mich. Im Hintergrund höre ich Magdalena lachen und sagen: »Wohl wahr.« Ich atme tief durch, und dann reden wir lange. Die halbe Nacht hindurch. Und wenn ich ehrlich bin, dann bin ich ihm unendlich dankbar dafür. Es tut gut. Er schafft es, dass sich meine Gedanken ordnen, das Gewirr in meinem Kopf zur Ruhe kommt. Auch wenn ich eigentlich schlafen wollte, erzähle ich Vincent, was in den vergangenen Tagen alles passiert ist. Zum Schluss eröffnet er mir, dass er seinen Plan, Urlaub auf Amrum zu machen, tatsächlich umsetzen wird. Er wird mit Magdalena und den Kindern Mitte Juli für zwei Wochen nach Amrum kommen. Er hat sich wie vor vielen Jahren auf dem Campingplatz in Wittdün einen Wohnwagen gemietet und wird dort mit seiner Familie den Urlaub verbringen.

»Ich freue mich darauf, euch zu sehen. Vincent?«, frage ich.

»Hm?«

»Danke.«

»Wofür?«

»Dafür, dass du zugehört hast. Es ist bereits zwei Uhr. Sag Magdalena, dass sie nicht eifersüchtig sein muss. Ich glaube, das mit Matthys, das ... bis in vier Wochen. Ich freue mich«, sage ich und verabschiede mich.

»Und ich mich darauf, diesen Matthys kennenzulernen«, sagt Vincent.

»Ich sollte dich warnen, seit er davon erfahren hat, dass

du der Mann warst, der mich in die Liebe eingeführt hat, ist er maßlos eifersüchtig. Er hat mir gesagt, dass er dich wohl umbringen müsse«, erzähle ich ihm.

»Geht mir nicht anders, denn dein Tonfall wird weicher, wenn du von ihm sprichst. Auch wenn du dir das selbst nicht eingestehen willst«, sagt Vincent. Wieder kann ich nicht anders, als zu schmunzeln. Aber ja, Vincent bringt vieles auf den Punkt. Danach lege ich auf und schlafe zügig ein. Es fühlt sich an, als würde der Wecker nur wenige Sekunden später klingeln. Schnell dusche ich, springe auf mein Fahrrad und mache mich auf den Weg in die Praxis.

MATTHYS SAATHOFF

Was für ein angenehmer Abend. Das Essen war köstlich, und die Gesellschaft mehr als nett. Später dann der Kuss. Lentje ist ... wie damals. Nur dass ich heute nicht mehr diese Angst verspüre, die ich damals hatte. Heute kann ich die Gefühle, die ich für sie empfinde, zulassen und mit einem Lächeln annehmen. Ihr geht es noch nicht so. Sie ist verwirrt, was ihr zügiger Aufbruch deutlich gemacht hat. Ich bleibe noch für ein Glas Wein sitzen, danach mache auch ich mich auf den Weg nach Hause, ins Bett. Ich nehme jedoch nicht den kürzesten Weg über die Straße, sondern wende mich den Dünen zu. Tanja und Lenny begleiten mich noch ein Stück. Lenny pirscht voran und hebt immer mal wieder sein Bein. Tanja wiederum geht still neben mir her. Zu still. Ich bin mir ziemlich sicher, dass sie mir etwas sagen möchte, deshalb sage ich zu ihr: »Raus damit.«

»Sie ist verwirrt.«

»Ist mir bewusst.«

»Lentje ist eine tolle Frau.«

»Das ist mir auch bewusst.« Sie schubst mich lachend in die Seite.

»Gib ihr Zeit, und dann ... Matthys, sie mag viele Männerbekanntschaften gehabt haben, doch letztlich ist sie wie eine Biene, die die richtige Blume gesucht hat. Das klingt total bescheuert, aber wenn du diese Blume bist und sie bei dir bleibt, enttäusche sie nicht. Wenn du ... ach, ich sollte nicht so daherreden, als ob ich alles besser wüsste und mich damit auskenne. Ihr seid beide erwachsen, aber ich liebe Lentje. Ich hatte nie Schwestern, aber mit Leevke, Lentje und Levka habe ich gleich drei Schwestern erhalten, die ich liebe. Deshalb nehme ich mir heraus, das zu sagen. Spiel nicht mit ihr, auch wenn sie dir das Gefühl gibt, genau das mit dir zu tun. Das stimmt nicht, so gut kenne ich sie bereits. Sie fühlt viel mehr für dich, vielleicht ist ihr das selbst nicht einmal so richtig klar.«

»Hm.«

»Ich gehe zurück. Nimm mir meine Worte nicht übel, Matthys. Im Übrigen, ich kann dich auch gut leiden.«

»Das kann ich nur zurückgeben.« Sie pfeift nach Lenny, der angerannt kommt, und läuft mit ihm zurück zum Haus. Ich ziehe mir die Schuhe aus und schlendere barfuß über den Strand zum Dünenpfad. Als ich jedoch am Strandkorb vorbeikomme, setze ich mich noch für einen Moment hinein. Ich sehe zum Himmel, zu den Sternen. Es ist eine klare Nacht. Bald wird die Sommersonnenwende sein. Dann bin ich fast ein Jahr auf Amrum. Eigentlich ein guter Grund, diesen Tag zu feiern, nicht nur weil man an diesem Tag die längste Nacht und den längsten Tag feiert, sondern auch, dass ich mich gefunden habe, mich wieder spüre und auch wieder Gefühle habe. *Womöglich sogar Liebe?* Nach ein paar Minuten überkommt mich dann doch die Müdigkeit, und ich gehe zur Kate und falle wie tot ins Bett.

STRANDKORB SIEBEN

Matthys Saathoff ist ein sehr tiefsinniger Mensch, und er ist definitiv in Lentje verliebt. Beide wissen es, aber irgendwie können sie mit ihren Gefühlen noch nicht so richtig umgehen oder trauen sich nicht, dazu zu stehen. Ich denke, das liegt einfach daran, dass sie beide erfolgreiche Menschen sind, die mitten im Leben stehen und bisher niemanden gebraucht haben. *Doch braucht man jemanden, den man liebt?* Man braucht ihn, um ihn zu lieben, nicht aber, um der Mensch zu sein, der man ist. Und lieben bedeutet auch nicht, dass man deswegen ein anderer Mensch werden muss. Wenn die beiden das verstehen und kapieren, dann werden sie hoffentlich diesen Sommer noch oft hier zu zweit bei mir sitzen und den Sonnenuntergang betrachten. Hach, wie freue ich mich darauf. Ich werde die Sterne noch mehr glitzern lassen und die Musik der Wellen hierhertragen. Magie, das ist es, was die beiden benötigen – viel Magie.

LENTJE BOGER

Ich wusste, dass es ein anstrengender Tag werden würde, *aber so anstrengend? Mein Gott, wie schafft Witta das jeden Tag aufs Neue, Jahr für Jahr?* Es kommen geplante Patienten, aber auch viele ungeplante Fälle dazwischen. Da gibt es Hunde, die das Stöckchenspiel nicht so gut vertragen und einen Span im Rachen stecken haben oder sich damit die Wange durchstochen haben. Da gibt es aber auch Hunde, die dachten, gegen eine Katze gewinnen zu können, und nun muss ich ihre Schnauze oder andere tiefe Kratzer versorgen. Einem musste ich sogar die Krallen entfernen, und genau diese Katze ist später ebenfalls zu Gast in der Praxis, damit ich ihre aufgerissene Pfote durch den Verlust des Nagels versorgen kann, damit sie sich nicht entzündet. Es gibt auch eine Katze, die dachte, sie könnte gegen ein Auto gewinnen. Sie liegt jetzt schlafend in einer Box, und wir hoffen, dass sie die Nacht gut übersteht. Ich stehe gegen drei Uhr nachmittags zum ersten Mal in der

Teeküche, um etwas zu trinken, und frage Kaatja: »Geht es jeden Tag so zu?«

»Oft.«

»Das ist wirklich viel. Wie schafft das Witta nur? Sie ist ja, das soll jetzt nicht gemein klingen, wenn ich es sage, aber auch nicht mehr die Jüngste.«

»Sie liebt einfach Tiere und kann nie jemandem absagen. Bis die Halter, die Tiere auf der Fähre haben und auf dem Festland beim Tierarzt sind, da ... viele Tiere würden es nicht schaffen, nicht die akuten Fälle. Eine Impfung ist schnell gemacht, aber ja, es sind die anderen Dinge, die viel Zeit benötigen.«

»Hm. Aber uns wird sicher nicht langweilig werden.«

»Das bestimmt nicht. Sollen wir die drei Patienten noch ...«

»Ja.«

Wenig später assistiert mir Kaatja bei der Sterilisation der drei Katzen. Danach beschließe ich, auch den beiden Hunden, die wir eigentlich morgen früh behandeln wollten, noch den Zahnbelag zu entfernen. Danach machen wir Schluss. Die Tiere werden die Nacht schlafen und morgen früh von ihren Besitzern wieder abgeholt werden. So vergeht Tag um Tag. Die erste Woche geht vorbei, und die zweite verläuft ähnlich. Es ist Donnerstagnachmittag, als ich gefühlt zum ersten Mal wieder eine Stunde lang durchatmen kann. An Matthys habe ich nicht oft gedacht. Ich hatte einfach keine Zeit. Abends lag ich im Bett und war innerhalb von Sekunden eingeschlafen. Ich bin gespannt, ob es besser wird, wenn ich erst einmal eine gewisse Routine entwickelt habe. Zugegebenermaßen ist das meine Hoffnung. Außerdem habe ich Kaatja und Bella klargemacht, dass wir ein paar Dinge ändern müssen. Ab sofort impfe ich montags ausschließlich, der Dienstag steht nur für Operationen zur Verfügung, und die Praxis ist nur für wirkliche Notfälle geöffnet. Alle anderen müssen aufs Festland oder am Mittwoch wiederkommen. Denn dieses Chaos lässt sich nicht bewältigen, und es geht auch anders. Vielleicht ist es eine gute Idee, diese Herangehensweise einzuführen, und wenn es gut läuft, kann Witta sie weiterführen, wenn sie zurückkommt. Bella ist begeistert von meiner Idee, und da sie immer am Telefon ist und die Termine macht, setzt sie dies zügig um. Am Mittag werden Plakate an der Praxistür angebracht, auf denen genau diese Informationen stehen. Auch auf die Homepage lädt sie das Schriftstück hoch.

»Man kann die Leute auch erziehen. Witta denkt immer, dass das nicht möglich ist. Aber Lentje, es ist eine gute Idee, das so durchzuziehen. Kommst du auch am Freitag nach Nebel zum Sommernachtswendefest? Dieses Jahr soll es mal wieder richtig voll werden, da die Wettervorhersage perfekt ist. Ich habe gehört, dass viele Touristen anreisen werden und die Zimmer gut gebucht sind. Das wird sicherlich ein Highlight des Jahres werden.«

»Mal sehen, ob ich am Samstag noch auf den Beinen stehen kann. Wenn ja, werde ich sicherlich dort erscheinen. Das letzte Mal habe ich dieses Fest auf Amrum vor zwölf Jahren erlebt.«

»Dann wird es Zeit, dass du es mal wieder erlebst, damit die Magie in dein Leben einzieht.«

»Die Magie?«

»Natürlich, in dieser Nacht sind Hexen, Geister und andere magische Gestalten unterwegs. Trolle kommen über das Meer aus dem hohen Norden, und Feen fliegen umher und überschütten die Menschen mit ihrem Zauber. Das weißt du doch.«

»Ja schon, aber das klingt wunderschön, wie du das sagst.«

»Das ist es auch. Die Menschen haben nur vergessen, mit den Naturgeistern zu leben. Mit der Natur.« Ich nicke und wende mich wieder dem nächsten Patienten zu. Gegen fünf Uhr, heute mal pünktlich, verlassen wir die Praxis, und ich schließe ab. Ich setze mich auf mein Rad und fahre zu der Alpakaherde, um nach den kleinen Crais zu sehen. Sie müssen kommende Woche geimpft werden. Diese Woche hat einfach nicht mehr gepasst. Sie laufen zwischen den größeren Tieren herum und sehen gesund und munter aus. Es sind auch ein paar andere Zaungäste da, die mit ihren Rädern eine Tour gemacht haben. Matthys scheint nicht da zu sein. Mein Blick wandert zur Brandruine. Ich zittere. Es fühlt sich ... nicht gut an. Ich bin kein abergläubischer Mensch, aber diese Ruine stößt mich ab. Als ich zuhause ankomme, klebt ein Zettel an meiner Tür.

»Lentje, kannst du gleich zu Leeve kommen? Wir haben Nachricht vom Notar erhalten.« Ohne zu duschen gehe ich rüber. Sie sitzen auf der Terrasse, und ich sehe, dass Leeve per Skype mit Levka kommuniziert.

»Hallo, bin ich zu spät?«

»Natürlich nicht, wir haben auf dich gewartet.«

»Hallo, Levka, alles klar bei dir?«

»Sicher, ich habe von den beiden gehört, dass du verknallt bist. Das klingt ziemlich interessant. Es scheint, als sollte ich wieder nach Amrum kommen, nur um den Kerl kennenzulernen, der meine Schwester so durcheinanderbringt.« Ich sage einfach nichts. Leeve öffnet den Brief und liest ihn.

»Keine böse Überraschung. Vater hatte kein Testament, was bedeutet, dass wir das Grundstück zu gleichen Teilen erben werden.« Es ist still am Tisch. Leevke ergreift das Wort.

»Wir haben jetzt sechs Wochen Zeit, um zu entscheiden, ob wir das Erbe antreten werden. Ich habe im Vorfeld mal meine Kontakte spielen lassen, um herauszufinden, ob auf dem Grundstück Altlasten eingetragen sind, eine Grundschuld oder ob Vater Schulden hatte. Fragt mich nicht, wie es Vater geschafft hat, aber dem ist nicht so. Es scheint, dass alles in Ordnung ist. Das Einzige, was sein könnte, ist ein Vorvertrag mit jemandem, der das Grundstück kaufen kann, wenn Vater nicht mehr da ist. Aber dann wäre etwas davon eingetragen worden, wenn es seriös abgelaufen wäre. Bisher hat sich auch niemand gemeldet. Deshalb müssen wir uns einigen, was wir damit tun werden.« Leeve sagt: »Die Versicherung wird den Schaden, den das Feuer verursacht hat, bezahlen. Die Aufräumarbeiten komplett, und was das Haus betrifft, kommt jemand vorbei. Ich vermute, dass sie schon Vorstellungen dazu haben. Matthys Haus wird ebenfalls bezahlt. Darüber bin ich am meisten froh. Das bedeutet, wenn wir unterschreiben, kommen die Bagger, machen alles platt, und dann haben wir ein leeres Grundstück. Oder um es deutlich zu sagen, ein verdammt teures leeres Grundstück. Es wird darauf ankommen, wie das Finanzamt es einschätzt, aber im schlimmsten Fall wird es die ortsüblichen Quadratmeterpreise annehmen oder einen Durchschnitt, und bei 3000 Euro pro Quadratmetern, die auf der

Insel manchmal möglich sind, kommen dann Summen von ... Leevke, du hast es ausgerechnet.«

»Einige Millionen zusammen. Wir werden das nicht so einfach stemmen können. Es kommt in erster Linie darauf an, wie das Finanzamt es einschätzt. Bei 1500 Euro pro Quadratmeter sind es 4,5 Millionen, abzüglich unserer Freibeträge von je 400.000 Euro müssen wir immer noch rund drei Millionen versteuern. Also grob überschlagen müssen wir ungefähr 1,5 Millionen Euro an das Finanzamt zahlen. Das wären für jeden von uns etwa 312.000 Euro.« Es ist still. Sehr still.

»Und dann, um das weiterzuspinnen, würde es uns allen gehören, und wir würden immer noch nicht wissen, wem es gehört und was wir damit tun sollen.«

»Es wird also auf einen Verkauf hinauslaufen, oder? Ich habe nicht so viel Geld. Auch wenn es meiner Meinung nach eine Schande wäre«, sage ich in die Runde.

»Lentje, wenn es mit dir und Matthys etwas wird, könntet ihr dort ein Haus bauen. Sogar du, Levka, könntest dort etwas bauen, das Grundstück ist groß genug.« Ich wende mich ihnen zu.

»Das ... ich weiß nicht, Leute, ich muss echt darüber nachdenken. Das ist mir gerade zu viel. Vater saß letztlich auf einem Schatz und hat es sich und uns so schwer gemacht. Das muss ich erst einmal verdauen.« Wir beschließen, für heute Schluss zu machen. Jeder hängt seinen Gedanken nach. Ich beschließe, zum Strand zu laufen und mich in den Strandkorb der Niemeyer Kate zu setzen. Matthys wird nichts dagegen haben. So viel Geld. Dass ein Erbe auch Probleme mit sich bringen kann, sagt einem keiner. Nach dem Verkauf hätte ich genug Geld, um mir eine eigene Wohnung auf dem Festland zu kaufen und noch etwas zur Sicherheit anzulegen. Aber es würde nicht ausreichen, hier etwas zu kaufen. Hier zu leben. *Denke ich wirklich darüber nach, zurück nach Amrum zu ziehen? Jetzt schon, nach diesen wenigen Tagen?* Ich muss verrückt sein.

»Klopf, klopf.« Ich zucke zusammen. Matthys erscheint vor mir.

»Darf ich mich zu dir setzen?«

»Es ist dein Strandkorb.«

»Nein, das gehört zur Kate, und hast du nicht gesagt, dass du einen großen Bogen darum machen möchtest?«

»Matthys?«

»Ja.«

»Würdest du ... würdest du mich bitte umarmen, mich festhalten und ... küssen? Ich brauche einen Anker, denn ich bin mir nicht sicher, was mit mir passiert, und wenn ich ganz ehrlich bin, dann ...«

»Das bist du doch immer.«

»Nun ja, eigentlich schon, aber bei dir fällt es mir schwer.«

»Warum?«

»Ich weiß es nicht. Vielleicht, weil du mal angedroht hast, jemanden umzubringen?«

»Also möchtest du dich von einem Massenmörder festhalten lassen und ...«

»Verdammt, Matthys, halt die Klappe. Mit deinen Lippen kannst du viel bessere Dinge anstellen, und ... ich ...« Ich komme nicht dazu, weiterzureden. Denn ja, Matthys küsst mich. Matthys hält mich auch fest, und Matthys ... Ich bin nicht prüde, und ich liebe nun mal das Zusammensein mit einem Mann, und der Strandkorb bietet dann doch eine gewisse Möglichkeit, auch wenn er knirscht und ... Ziemlich außer Atem komme ich wieder zu mir. Erschöpft sage ich zu ihm ...

»Das haben wir nicht getan.«

»Ich glaube schon.«

»Dieser Strandkorb gehört im Meer versenkt.«

»Ich vermute, dass würde gegen das Gesetz verstoßen. Mutwillige Beschädigung oder Entwendung fremden Eigentums oder so etwas in der Art.«

»Das, was wir getan haben, verstößt sicherlich ebenfalls gegen irgendein Gesetz. Es gibt mit Sicherheit irgendwo in den Statuten der Insel ein Verbot, im Strandkorb Liebe zu machen.« Leise, fast unhörbar meint Matthys.

»Ich finde es schön, dass du Liebe machen sagst und nicht dieses Wort mit den drei Buchstaben verwendest. Das wäre für das, was ich eben gefühlt habe, irgendwie unpassend.« Er streichelt mich an meiner nackten, noch erhitzten Haut, die bereits eine leichte Gänsehaut bekommen hat.

»Es bereitet mir Angst. Aber irgendwie auch nicht. Wir haben Post vom Notar erhalten«, wechsle ich unvermittelt das Thema.

»Wir erben alles, und wir sollten eigentlich dankbar sein. Aber es fällt mir schwer, denn Vater ist laut Leevke im Prinzip auf einem Schatz gesessen. Wir werden das Grundstück nicht halten können. Gleichzeitig will es keiner von uns hergeben. Das hat niemand ausgesprochen, aber es ist so. Nicht mal Levka hat es gesagt, obwohl ich es von ihr am ehesten gedacht hätte. Das ist ... es ist schwierig.«

»Warum?«

»Das Finanzamt. So viel Geld besitzen wir nicht, um die anderen auszubezahlen. Das Grundstück ist groß, und es liegt nah an Nebel. Dort sind die Preise entsprechend hoch. Das weißt du doch am besten. Wie zum Teufel konntest du dir ein so teures Grundstück kaufen? Gehört es dir etwa?«

»Ja, aber es war nicht so teuer, wie du denkst, denn ich darf darauf nicht bauen. Mir war klar, dass ihr, falls ihr das Erbe annehmen solltet, vor einem Problem stehen würdet. Oder anders ausgedrückt, du bist jetzt eine gute Partie.«

»Was?« Ich muss lachen, doch Matthys meint es ernst und redet weiter.

»Nun ja, du besitzt auf Amrum einen Teil eines Grundstücks am Meer, das man bebauen darf. Du könntest denken, dass ich dich nur deshalb küsse. Lentje, ich will mich da nicht einmischen, und ich will auch keiner dieser Geier sein, die euch seit dem Brand belästigen, aber wenn ihr wirklich das Grundstück verkaufen wollt, dann bitte ich dich darum, mir eine Chance zu geben.« Ich richte mich auf.

»Du ... du willst es kaufen?«

»Ja.«

»Aber ... du wohnst in einem Tiny-House. Du ...«

»Gehst du mit mir zum Fest in Nebel, und können wir darüber reden, wenn es so weit kommt? Du weißt es jetzt, ich wollte es nicht einfach so sagen. Es kam mir falsch vor.« Fassungslos über das, was ich heute noch zusätzlich erfahre, frage ich Matthys.

»Du kannst dir dieses Grundstück leisten?«

»Ich könnte es sogar aus der Portokasse bezahlen. Wenn ich dich jetzt damit schocke, Lentje, tut es mir leid, aber ja, ich bin reich. Unglaublich reich. Das mit den Boni ... ich hatte es dir erzählt. Trotzdem habe ich ein armes Leben geführt. Das hier, seit ich hier bin, das ist es, was wirklich zählt.«

»Das kannst du dir aber nur leisten, weil du ...«

»Weil ich mich beinahe zu Tode gearbeitet habe. Richtig erkannt. Gehst du mit mir hin?«

»Wohin?« Ich bin verwirrt.

»Auf das Fest.«

»Das alles ... vorhin, als wir ... da war alles irgendwie klar in meinem Kopf. Jetzt allerdings ...« Ich beginne mich anzuziehen, stehe auf und sehe Matthys an, der noch nackt im Strandkorb liegt und keine Anstalten macht, sich anzukleiden oder sich wegen seiner Nacktheit zu schämen. *Warum sollte er auch?* Er sieht fantastisch aus. Reich. Der Kerl sieht gut aus und ist reich. Das alles ... es ist zu viel, und dann habe ich auch noch mit ihm geschlafen! Darum habe ich ihn gebeten, und es war ... es war einfach nur perfekt. Langsam gehe ich weg von ihm in Richtung Bohlenweg. Er ruft mir hinterher, nicht laut, aber so, dass ich es höre.

»Lentje, gehst du mit mir zum Fest?« Ich drehe mich erneut um und nicke. Er lächelt mich an.

»Ich hole dich ab.« Nun gehe ich zum Haus, stelle mich unter die eiskalte Dusche und schlafe danach tief und fest ein. Auch wenn ich gedacht habe, dass ich nicht schlafen werde können, braucht mein Körper diese Ruhe und holt sie sich.

STRANDKORB SIEBEN

In Ordnung, es ist gut, dass mein Besitzer in diesem Jahr mein Inneres in Rot-Weiß gestaltet hat, denn ich gebe es zu: Heute bin ich dann doch etwas rot geworden. Ich hoffe, dass man es morgen nicht mehr sieht und ich wieder in Weiß erstrahlen kann. Also, was die Magie betrifft, hat es auf jeden Fall sehr gut funktioniert. Und wenn die Geister der Sommernachtswende sich diesen Pokal holen wollen, werde ich laut rufen, dass nicht sie diese beiden zusammengeführt haben, sondern ich es war. Und das kann ich auch irgendwie beweisen. Meine Güte, ist mir heiß. Wenn man mal einen kleinen Regenschauer benötigen würde, ist keiner in Sicht. Aber die beiden sahen verdammt gut aus, wenn ich das so sagen darf. Ja, ich bin wirklich froh über die rote Farbe.

MATTHYS BOGER

Es scheint, als ob heute irgendetwas in der Luft liegt. Die Tiere sind unruhig, und auch das Wetter ist irgendwie wechselhaft. Der Wind weht frisch auf, obwohl der Wetterbericht für heute Abend bestes Wetter vorhergesagt hat. Bei den Alpakas herrscht reges Treiben. Offensichtlich hat sich unter den Touristen herumgesprochen, dass es hier diese Attraktion gibt und vor allem Jungtiere zu sehen sind. Viele Kinder sind mit ihren Eltern da und würden am liebsten auf die Weide zu den Tieren gehen. Es ist gut, dass ich vor Ort bin, denn ich weiß nicht, ob sie alle daran gehalten hätten, hinter der Einzäunung zu bleiben. King Charles beschützt die Herde und hat diese zum Leidwesen der Besucher in den hinteren Bereich der Weide geführt. Das ein oder andere Kind quengelt ein wenig und fragt die Eltern, warum die Tiere denn nicht zu ihnen herkommen würden. Da trete ich manchmal dazwischen und rede mit den Kindern, erkläre ihnen, warum sich die Tiere so verhalten. Ein ziemlich vorwitziger Junge meint, dass er schon mal mit Alpakas spazieren gelaufen sei und die Tiere hier doof sind.

»Sind sie nicht. Sie sind noch neu hier und scheu. Sie haben einfach Angst oder anders ausgedrückt, sie sind noch sehr vorsichtig, was Menschen betrifft. Würde es dir anders gehen, wenn du solch eine Situation nicht kennen würdest? King Charles, das ist das etwas größere Alpaka, er bewacht seine Herde und beobachtet sehr genau, was vor sich geht. Wenn er der Meinung ist, dass keine Gefahr droht, wird er auch zutraulicher werden. Doch das wird noch eine gewisse Zeit dauern, vor allem jetzt, da Babyalpakas geboren wurden.«

»Hm.« Er ist mit dieser Erklärung nicht wirklich zufrieden, das sehe ich schon. Ein anderes Kind fragt mich, ob man später mal mit den Tieren spazieren gehen kann, was ich vorerst verneine.

»Solange sie so scheu sind und die Babys hier sind, sicherlich nicht. Man muss auch nicht immer alles anfassen, oder? Sie zu beobachten, sich ins Gras zu setzen und einfach still sein, das kann auch wunderschön sein.«

»Ist ja langweilig.« Ein anderes Kind meint.

»Finde ich auch.« Meint der Junge.

»Hast du es denn einmal ausprobiert?« Ich werde nicht oberlehrerhaft, aber ja, unsere Gesellschaft ist eine Spaßgesellschaft oder eine, die arbeitet, bis sie fast umfällt vor Müdigkeit. Irgendwie gibt es wenige, die noch dazwischenstehen. Wie verrückt wir sind. Als die meisten aufbrechen, da viele von ihnen heute Abend auf das Fest in Nebel möchten und davor noch eine Runde schlafen wollen, bin ich für einen Moment alleine. Dann aber kommt Frieda den Weg zu mir entlang und hält an.

»Hallo Frieda. Wie geht es dir denn?«

»Sehr gut. Die Tablette, die ich jetzt immer nehme, wirkt super. Diese Tanja, unsere neue Ärztin, die kann was. Ich mag sie. Doc Hinneck hatte ein gutes Händchen, als er ihr die Praxis übergeben hat.« Ich muss grinsen, denn diese Geschichte habe ich bereits gehört auch wenn ich nicht viel weiß. Frieda hingegen weiß so ziemlich alles, wie mir ihre nächsten Worte auch bestätigen.

»Du gehst du mit Lentje zum Fest?«

»Möglich.« Sie lacht.

»Habe ich also ins Schwarze getroffen. Du solltest sie festhalten und nicht mehr gehen lassen. Ich weiß, dass die Bogermädchen ungern wieder hierher auf die Insel zurückkehren, aber bei Leevke hat es ja auch geklappt, und sie sieht mir nicht unglücklich aus. Witta sollte nicht mehr so viel arbeiten, und wenn Lentje sich die Arbeit mit ihr teilt, dann ist beiden geholfen. Und wenn die Bogerkinder das Grundstück verkaufen, dann muss sie ja nicht mehr den ganzen Tag arbeiten.« Ich frage mich wirklich, woher sie das alles weiß.

»Aber was weiß ich schon, ich bin ja nur eine alte Frau.« Ich muss grinsen, es geht gar nicht anders.

»Deine kleinen Alpakas sind niedlich. Auch die Großen. Du hast sie nach Königinnen und Königen benannt?«

»Ja, habe ich. Der Große, der gerade herschaut, das ist King Charles. Er ist der Boss.« Sie lacht schallend los.

»Gut getroffen, Matthys. Sein Blick ist dem von King Charles durchaus ähnlich.« Jetzt muss auch ich wieder schmunzeln, denn genau deshalb heißt er so. Schön, dass auch andere diese Ähnlichkeit wahrnehmen.

»Die neue Mama ist Queen Kleo.«

»Die dunkle Stute?«

»Ja.»

»Auch sehr passend. Sie ist eine hübsche Lady. Ich muss gehen, wollte dich nicht aufhalten.«

»Nur ausfragen?«

»Auch das, vor allem aber dir meine Meinung sagen. Sie passt zu dir, Lentje Boger, und sie passt zur Insel, auch wenn sie das selbst nicht so sieht.« Sie zwinkert mir zu und meint mit diesem Witz in ihrer Stimme.

»Bald geht die Saison so richtig los. Bis dahin solltest du sie geküsst haben.«

»Warum und weshalb denkst du, habe ich das nicht längst getan?«

»Na, dann kommen viele Kerle auf die Insel, die nur eines im Kopf haben, und das ist, mit einer hübschen jungen ungebundenen Frau ein paar schöne Nächte zu verbringen. Matthys Saathoff, ich war auch mal jung, du musst nicht rot werden, nur weil ich das ausspreche, was der Wahrheit entspricht. Wenn du sie bereits geküsst hast, bist du schneller als ich dachte. Aber es gefällt mir.« Diese Frau ist der Knaller.

»Lentje Boger sollte so schnell wie möglich einen Ring am Finger tragen. Es muss kein Ehering sein. Heutzutage heiraten die jungen Dinger ja nicht mehr, denn sie können auf eigenen Beinen stehen und brauchen keinen Mann mehr, der sie versorgt. Aber ein Zeichen der Liebe, wie so ein Ring, ist allemal schön, und ich kenne keine Frau, die nicht doch glänzende Augen bekommt, wenn sie ein solches Schmuckstück geschenkt bekommt. Frag Meike.«

»Was ist mit ihr?« Ich komme nicht umhin nachzufragen, auch wenn ich es einfach nicht tun sollte. Aber Frieda ist einfach der Knaller. Ich falle gekonnt in jede ihrer ausgelegten Fallen.

»Pepper hat ihr endlich einen Antrag gemacht. Wurde ja auch mal Zeit. Klar, sie ist auch jung und selbstbewusst und braucht keinen Mann als Versorger, aber sie ist noch vom alten Schlag. Sie will einen Friesenjungen heiraten und das ganz traditionell. Matthys, ich wette heute schon, dass Heike eine Torte für sie backt, von der man noch in Jahren hier reden wird. Ich muss jetzt aber gehen.« Lachend schaue ich ihr nach. In diesen paar Minuten habe ich verdammt viele Informationen erhalten. Genauso viele hat sie mir entlockt, ohne dass ich es wollte. Zudem hat sie mir auch noch durch die Blume gesagt, was ich ihrer Meinung nach tun sollte. Diese Frau ist ein Unikat und würde fehlen.

LENTJE BOGER

»Feierabend! Lasst es heute Nacht ordentlich krachen, Ladys.«

»Krachen?«

»Ihr kommt nicht nach Nebel? Ihr habt die ganze Woche darüber gesprochen und jetzt kommt ihr nicht?« Kaatja lacht.

»Natürlich kommen wir, aber dort werde ich es nicht krachen lassen. Es sind zu viele Touristen da.«

»Genau.« Ich zwinkere ihr zu. Sie schüttelt nur den Kopf und ich bemerke einmal mehr, dass nicht alle Menschen so aufgeschlossen sind wie ich. In jungen Jahren und ehrlich gesagt auch heute noch hätte mich eine solche Party nicht vom Flirten abgehalten. Heute jedoch ... habe ich ein richtiges Date mit Matthys. Seit jenem interessanten Intermezzo im Strandkorb habe ich ihn nur flüchtig gesehen, als ich bei den Tieren war, um sie zu impfen und zu untersuchen. Es gab schlichtweg nicht genug Zeit für ein längeres Gespräch.

Auf der Wiese wäre es mir zu öffentlich gewesen, zumal immer wieder Radfahrer vorbeikamen und Zaungäste da waren. Zuhause angekommen werde ich allerdings überrascht.

»Das ist jetzt nicht dein Ernst, Levka? Was machst du denn hier?«

»Deinen Prinzen betrachten.«

»Ha ha.«

»Kein Ha ha, ich will nicht die Letzte sein, die ihn kennenlernt, auch wenn ich das trotzdem bin.« Sie lächelt, aber irgendwie erreicht das Lachen nicht ganz ihre Augen.

»Levka, ist alles in Ordnung?«

»Natürlich, wieso nicht?« Sie umarmt mich und flüstert mir zu: »Leevke hat mir erzählt, dass er heiß ist. Hast du ihn schon vernascht?«

»LEVKA Boger, so redet man nicht.«

»Gut, dass ich eine Frau bin. Also?«

»Das geht dich nichts an.« Levka kichert.

»Und ist er gut?«

»Hör auf!« Lachend löse ich mich von ihr und gehe in Richtung meines Zimmers.

»Ich muss mich duschen und herausputzen. Er wird pünktlich sein.«

»So gut warst du?«

»LEVKA!« Wieder kichert sie und ich muss mitlachen. Sie wirkt fröhlich, ich habe mir wohl eingebildet, dass sie einen Schmerz in sich trägt. Jetzt ist sie wieder meine kleine, freche Schwester, so wie ich sie kenne. Schnell gehe ich in mein Zimmer und stelle mich unter die Dusche. Ich überlege kurz, was ich anziehen soll, und entscheide mich für eine beigefarbene Hose und einen leichten Pullover. Es ist noch nicht Hochsommer und es kann am Abend ziemlich kühl werden, deshalb ziehe ich lieber etwas Wärmeres an. Das Feuer am Strand wird sicherlich auch eine gewisse Wärme ausstrahlen, aber damit meine ich jetzt nicht nur diese Hitze. Es gibt auch noch jene, die Matthys ausstrahlt, worüber ich nie mit Levka sprechen würde. Das würde Leevke tun oder hat es bereits getan. Ich muss lächeln. Es ist erst zwei Wochen her, dass wir alle zusammen waren. Damals war der Anlass weniger erfreulich, aber heute ... es fühlt sich gut an. Sehr gut sogar. Ich bin gespannt, wie es am Strand sein wird. Von Tanja weiß ich, dass Leevke eine Zeitlang am Würstchenstand der Feuerwehr arbeiten wird. Als ich zu den anderen auf die Terrasse trete, sitzen Levka und Leevke zusammen mit Tanja vor ihren Tassen, die, dem Duft nach zu urteilen, Kaffee enthalten.

»Ihr Drogensüchtigen«, lache ich, denn es ist bekannt, dass meine Schwestern und Tanja dieselbe Schwäche teilen. Ich dagegen halte mich eher an Leeves und Matthys Vorlieben. Levka sieht mich an, sie fixiert mich regelrecht.

»Was?«

»Ja, genau, was? Das ist eine sehr intelligente und gute Frage.« Sie deutet auf mich und sieht mich immer noch mit diesem Blick an. Ich schaue an mir herunter und weiß wirklich nicht, was sie meint.

»Wer bist du und was hast du mit meiner Schwester Lentje angestellt?«

»Was meinst du? Levka Boger, es wäre nett, wenn du mich mal aufklären würdest.«

»Meine Schwester Lentje, also meine richtige Schwester Lentje, die würde niemals, wirklich niemals in diesem Outfit mit dem attraktivsten Kerl der Insel zu einem Date gehen.

Meiner Schwester Lentje wäre es völlig egal, dass sie möglicherweise ein bisschen frieren würde, denn das würde sich im Laufe des Abends schon regeln, da der Kerl, der ja so heiß ist, sie im Arm halten würde, um sie zu wärmen. Meine Schwester Lentje würde das verführerischste Outfit, das sie im Schrank hat, anziehen. Ihre Unterwäsche würde den Kerl am späten Abend zum Sabbern bringen. Aber DAS«, sie deutet auf meine Hose und meinen leichten Pullover, »das würde meine Schwester niemals zu einem Date anziehen. Deshalb kannst du nicht Lentje sein.« Es ist für einen Moment still. Dann kann Leon, der ihre letzten Worte gehört haben muss, ein lautes Lachen nicht mehr unterdrücken. Das löst wiederum allgemeines Kichern aus, an dem ich mich jedoch nicht beteilige. Ich schaue streng auf die Personen vor mir, vor allem auf Levka, aber auch auf Leevke, die entschuldigend in meine Richtung schaut und meint: »Wo sie recht hat ...«

»Leevke!«

»Nun ja ... du siehst schon etwas ... altbacken aus.« Tanja, die ruhige Tanja, die normalerweise nie, wirklich nie, einen solchen Kommentar abgibt und eher zur zurückhaltenden und konservativen Fraktion gehört, sagt etwas, das sie selbst überrascht. Mit einem Blick zu ihr und ihrer Hand vor dem Mund, weil sie ihr Lachen unterdrücken muss, verstehe ich, dass sie selbst über ihre Worte erschrocken ist. Ich kann nur den Kopf schütteln. Leon steht nur da und ich deute auf ihn, auch wenn er es nicht sehen kann.

»Du! Wehe, du lachst!«

»Würde ich nie tun. Ich sehe ja nicht, was du trägst. Ich bin da ganz außen vor. Nicht wahr, Lucky? Wir beide ... wir beide gehen glaube ich mal kurz zu den Dünen. Die Ladys haben zu reden.«

»Sie haben nicht zu reden. Wir werden zur Tat schreiten und das Drama abwenden. Das ist ein Unterschied.« Levka steht auf und zieht mich mit sich.

»Die Ladys werden jetzt dafür sorgen, dass ich meine Schwester so kleide, dass Matthys Saathoff die Spucke im Hals stecken bleibt. Oder er beinahe daran erstickt, weil er plötzlich so viel davon in seiner Mundhöhle hat.« Leon grinst und sagt zu Lucky gewandt: »Der arme Mann, wir sollten ihn vorwarnen, oder was meinst du? Lass uns ...« Die letzten Worte höre ich nicht mehr, denn Levka zieht mich zurück in mein Zimmer, stellt sich vor meinen Schrank und betrachtet meine Kleidung.

»Was, bitte Schwesterherz, hast du dir dabei gedacht? Was nur?« Sie will keine Antwort, und ich kann nur sprachlos beobachten, was sie tut.

»Was, Schwesterherz, würdest du ohne mich tun? Dass ich als kleine Schwester das regeln muss, ist geradezu lächerlich.«

»Levka, was ist los?«, sie erstarrt mitten in der Bewegung, sieht mich jedoch nicht an. Ich hatte also recht, irgendetwas stimmt nicht mit ihr. Ich trete näher zu ihr.

»Levka?«

»Frag mich bitte nicht«, flüstert sie leise. »Bitte. Ich ... ich bitte dich. Heute nicht. Wie wäre es damit? Zieh das mal an.« Da ich weiß, dass ich Levka in Ruhe lassen muss, deshalb tue ich das, was ihr im Moment guttut. Mich von ihr ankleiden zu lassen. Das ist auch Ausdruck meiner Geschwisterliebe. Bald stehe ich nur noch in Unterwäsche vor ihr und will gerade das Kleid überstreifen, als sie den Kopf schüttelt.

»Lentje, ich bin wirklich nicht sicher, ob du das bist.«

»Was ist nun noch nicht in Ordnung?« Sie geht zu der Schublade, in der sie meine Unterwäsche vermutet, und findet natürlich genau die Kombination, die ich eigentlich für besondere Momente aufbewahre. Aber so ein Date ist ja auch etwas Besonderes. Ergeben ziehe ich die ziemlich teure Spitzenunterwäsche an und streife mir danach das bunte, lockere Kleid darüber. Levka betrachtet mich.

»Jetzt erkenne ich dich. So gefällst du mir. Komm, lass uns wieder zu Tanja und Leevke gehen. Dein Matthys ist womöglich schon hier. Da wäre es nicht so schlimm. Man sollte einem Kerl nie nachlaufen, sondern ihn warten lassen.« Ihre Stimme bricht beinahe bei ihren Worten. Sie räuspert sich. Also ist es ein Mann, der meine Schwester traurig macht. Erneut will ich sie fragen, was los ist, aber sie erkennt meine Absicht, legt einen Finger an ihre Lippen und schüttelt den Kopf. Ich verstehe die Geste, auch wenn es mir schwerfällt. Sie nimmt erneut meine Hand, und wir kehren zurück auf die Terrasse. Der Blick, den ich dort von den anderen ernte, ist ganz anders. Ich muss grinsen. Ja, jetzt fühle ich mich wohl. Jetzt bin ich die Lentje, die ich immer bin. Ich schaue auf die Uhr.

»Jetzt muss ich aber wirklich los.«

Matthys ist bereits da und sein Blick, mein Herz stolpert für einen Augenblick, dann aber muss ich ihn herausfordern. Er sieht umwerfend aus, so in seinen blauen Jeans und dem weißen T-Shirt, das seine gebräunte Haut noch betont. Er kommt auf mich zu, küsst mich auf die Wange und nimmt dann meine Hand.

»Du siehst wundervoll aus, Lentje. Wirklich wunderschön.« Ich fühle mich, als könnte ich die ganze Welt erobern. Mit ihm an meiner Seite, meinem Matthys, ist alles möglich. Alles.

MATTHYS SAATHOFF

Ich bin voller Vorfreude. Heute findet die Sommersonnennachtswende statt und seit Tagen reden alle vom Fest, das am Strand von Nebel abgehalten wird. Ich bin heute Vormittag mit dem Rad hingefahren und konnte beobachten, wie die Jungs der Freiwilligen Feuerwehr einen Holzhaufen aufschichteten. Dieser wird heute Abend brennen. Lentje wird mich begleiten und ich freue mich ungemein darauf. Nach unserer kleinen Sporteinheit im Strandkorb hat sie sich ein wenig zurückgezogen, was bedeutet, dass sie abends nicht mehr auf ein Bier zum Strand kam. Unter der Woche habe ich sie nur gesehen, als sie nach den Crais sah, sie impfte und ihnen die vorgeschriebenen Marken anbrachte. Es war fast lustig zu bemerken, dass sie irgendwie verlegen wirkte. Denn Lentje ist nie um Worte verlegen, zumindest nicht die Lentje von früher und so, wie ich sie in den letzten Tagen erlebt habe, hat sich das eigentlich nicht geändert. Nur mir gegenüber scheint sie etwas gehemmt zu sein. Vermutlich geht es ihr genauso wie mir. Sie ist verwirrt und ehrlich gesagt bin ich das auch. Diese verdammten Gefühle, oder besser gesagt, diese guten Gefühle. Ich ... es passt einfach. Lentje ist, wenn ich ehrlich bin, genau die Frau, die ich mir wünschen würde. Das war sie schon damals. *Stehe ich tatsächlich schon seit einer Stunde vor dem Kleiderschrank und weiß nicht, was ich anziehen soll?* Ich schüttele den Kopf über mich selbst, greife nach einem weißen Hemd und ziehe mir eine Jeans an. *Bin ich verrückt? Habe ich tatsächlich darüber nachgedacht, was ich anziehen soll?* Wie ... erneut schüttle ich den Kopf über mich selbst. Dann schaue ich auf die Uhr und beschließe, zu Leon und Leevke rüberzufahren. Wenn sie noch nicht fertig ist, kann ich mit Leon ein paar Worte wechseln. Ich habe auch ihn in den letzten Tagen nicht gesehen. Obwohl Lucky und er sonst immer am Strand unterwegs sind. Kaum fahre ich mit dem Rad in den Hof, da rennt Lucky um die Ecke. Ich muss grinsen. Dieser Hund ist einfach toll. Wenn ich mir irgendwann einen zulegen würde, dann sollte er so wie er oder Lenny sein. Diese Rasse ist so unglaublich freundlich und treu und, *habe ich schon erwähnt, freundlich?* Lucky holt sich seine Streicheleinheiten ab. Dann läuft er vor mir zum hinteren Teil des Hauses auf die Terrasse. Ich folge ihm ungefragt. Das wird im Hause Kaser/Boger kein Problem darstellen. *Allerdings überlege ich mir, dass es ja auch irgendwie ein Date ist und sollte ich da nicht doch an der Haustür klingeln?* Wieder schüttle ich den Kopf über die Gedanken, die mir durch den Kopf schießen. Wie ein Teenager verhalte ich mich. Aber irgendwie fühlt es sich genau so an. Leon sitzt wie vermutet auf der Terrasse. Auch Leevke ist bei ihm.

»Hallo, ihr zwei. Ich hoffe, es ist in Ordnung, dass ich

den Hintereingang nehme.« Leon, der diesen speziellen Humor hat, den ich wirklich mag, erwidert: »Entschuldigst du dich, weil du nicht brav, wie es bei einem ersten Date üblich ist, an der Haustür geklingelt hast, mit einem Blumenstrauß in der Hand? Ich meine, ich rieche keine Blumen. Hat er denn keine Blumen dabei, Leevke?«

»Nein, hat er nicht.«

»Oje, ich sehe schwarz. Matthys, jeder weiß doch, dass eine Frau an ihrem ersten Date einen Blumenstrauß erwartet.« Ich schaue ihn an. *Meint er das jetzt wirklich ernst? Oder ist das sein Humor?* Leevke sieht mit ernstem Gesichtsausdruck zu mir, und dann fangen beide an zu lachen. Wie auf Kommando, obwohl Leon nichts sieht, scheint er die Spannung, die gerade entstanden ist, zu spüren. Lucky, der neben ihm auf dem Boden liegt, steht auf und wedelt mit dem Schwanz, um herauszufinden, was hier vor sich geht.

»Verdammt, ihr seid unmöglich! Ihr habt mir gerade echt ein schlechtes Gewissen gemacht.«

»Das hat man dir angesehen«, meint Leevke.

»Jetzt komm schon her, hol dir ein Bier aus dem Kühlschrank. Levka und Lentje müssen noch etwas erledigen, aber sie werden sicherlich bald hier sein.« Der Kühlschrank steht etwas abseits neben der Terrasse und ich hole mir, wie von Leon vorgeschlagen, ein Bier heraus. Ich öffne es und setze mich zu den beiden.

»Heute werden sicherlich viele Leute anwesend sein. Die Organisatoren werden sich freuen, dass nach zwei weniger guten Jahren in diesem alles wieder passt. Es ist eine Menge Arbeit, bis die Stände aufgebaut sind, das Holz aufgestapelt ist und alle Sicherheitsmaßnahmen eingehalten wurden. Sie haben es verdient, mal wieder mit Gewinn aus der Veranstaltung herauszugehen. Es ist eine gute Idee, mit dem Rad hinzufahren, denn Parkplätze werden wohl Mangelware sein.«

»Das dachte ich mir.« In diesem Moment hören wir Schritte. Dann treten Levka und Lentje um die Ecke und ich ... mir bleibt die Luft weg und ich bin wie verzaubert. Lentje sieht atemberaubend aus. Das Kleid, die Frisur, ihr Gesicht. Ich ... erst das Lachen und Levkas Kommentar: »Ich habe es dir ja gesagt.«, bringt mich wieder in die Realität zurück. Lentje sieht mich an und auch sie ist auffallend still. *Was ist nur los zwischen uns?* Ich habe das Gefühl, dass wir beide längst über einen Flirt hinaus sind. Lentje ist es, die die Stille bricht. Die anderen machen einen Spaß nach dem anderen und lachen mich im Besonderen ziemlich aus.

»Sollen wir losfahren?«

»Hm.« Und dann fügt Lentje hinzu: »Matthys Saathoff, wo sind meine Blumen?« Jetzt hat sie mich. Leon kichert und murmelt nur: »Ich habe es dir ja gesagt.« Ich kann nur zu Lentje schauen, die nach ein paar Sekunden anfängt, wie die anderen zu lachen. Verdammt! Ich verliebe mich in sie. Ich überbrücke die wenigen Schritte und küsse sie vor ihren Geschwistern und Leon. Es ist mir egal, dass sie zusehen. Ich will sie einfach schmecken und küssen.

»Jetzt zeigt er es ihr aber«, bemerkt Leevke. Dann höre ich sie sagen: »Ich will auch, Leon, komm her zu mir, küss mich!« Danach hört man erst mal nichts. Ich konzentriere mich auf Lentje, auf den Kuss, ihren Geschmack und das Gefühl in mir. Nach einer gefühlt unendlich langen Zeit löse ich mich von ihr und frage leise: »Sollen wir los?«

»Gerne und ...«

»Nein, keine Blumen. Wenn du welche haben willst,

dann werde ich sie dir besorgen, wie auch immer. Ich habe gesehen, dass bei Frieda im Garten ziemlich viele blühen.« Wieder kichert Leevke.

»Er ist lebensmüde«, flüstert sie leise.

»Ich wollte nur fragen, ob du mit dem Rad hier bist.« Meint Lentje.

»Ja, das bin ich. Ich dachte, es gibt sicherlich was zu trinken und ...«

»Lass uns losfahren, bevor sie das Feuer entzünden oder es keine Würstchen mehr gibt. Ich habe Hunger.«

»Wir fahren auch gleich los.« Sagt Leon. Gesagt, getan, wir holen die Fahrräder und verschwinden. Auch Leon und Leevka werden zum Fest gehen und Levka mitnehmen. Sie werden jedoch mit dem Auto fahren. Tanja und Leeve sind bereits vor Ort. Sie sind vor Matthys Ankunft losgefahren. Leeve unterstützt die DLRG am Würstchenstand und Tanja hilft den Sanitätern. Als wir ankommen, sehen wir, dass wirklich viel los ist. Wir schlängeln uns durch die Menschenmenge und sehen zum Glück bald einige bekannte Gesichter. Heute sind sowohl die Insulaner als auch die Touristen am Strand versammelt. Es wird ein fröhliches Fest mit Musik und Tanz, mit ausreichend Essen und Trinken. Später, als es dunkel wird, zündet die Feuerwehr den großen Holzstapel an. Zu diesem Zeitpunkt haben wir uns etwas abseits einen Platz in einem der zahlreichen Strandkörbe gesucht und sitzen darin. Wir betrachten das Feuer zur Rechten, das glitzernde Meer zur Linken und die Sterne am Himmel. Ehrlich gesagt, habe ich nur Augen für Lentje.

»Die Götter des Nordens meinen es heute gut mit uns allen.«

»Lentje?«

»Ja?«

»Warum bist du mir die letzten Tage aus dem Weg gegangen? Und nein, es lag nicht an der vielen Arbeit. Diese Ausrede gilt nicht.« Sie bleibt still.

»Matthys, ich kann es dir nicht genau sagen. Ich glaube, ich bin einfach verwirrt und weiß nicht so recht, wie ich das alles einordnen soll. Unsere Beziehung, meine ich. Ich ... bräuchte vermutlich etwas Zeit.«

»Nimm dir so viel wie du brauchst. Weißt du, was mich wirklich interessieren würde? Was mir sogar schlaflose Nächte bereitet hat?«

»Was denn?«

»Vincent.«

»Was ist mit ihm? Er wird in ein paar Wochen anreisen, dann lernst du ihn kennen.«

»Darum geht es mir nicht.«

»Was dann?«

»Ich möchte den Ort sehen und sagen können, dass ich ... dass wir dort waren ...« Sie beginnt zu verstehen und zu grinsen.

»So eifersüchtig?«

»Du hast keine Ahnung! Ich möchte diesem Ort unbedingt und dringend eine neue Erinnerung aufprägen. Lentje, ich verliebe mich in dich, wenn ich es nicht schon längst getan habe und das verwirrt mich genauso wie dich. Aber es gefällt mir. Es ist nicht mehr so wie vor vielen Jahren, als es mich zu Tode ängstigte. Heute ist es ein Gefühl, das ich sehr willkommen heiße.«

»Ich wohne in Dagebüll.«

»Ist das jetzt eine Absage? Ich meine, wenn du mir damit

sagen willst, dass wir keine Zukunft haben, Dagebüll am anderen Ende der Welt liegt ... zumindest liegt ein Meer alle sechs Stunden dazwischen.«

»Halt die Klappe und küss mich, Matthys Saathoff. Ich weiß auch nicht genau, was ich will und fühle ...« Ich verschließe ihre Lippen mit den meinen und das, was sie sagen wollte, bleibt erst einmal ungesagt. Die Nacht ist wie Frieda sagte, verzaubert. Doch als das Feuer heruntergebrannt ist, ziehen wir uns zurück und suchen die Ruhe. Wir fahren mit dem Fahrrad los. Heute Nacht ist viel los und doch nach zwei Kilometern wird es weniger. Alle sind auf dem Fest in Nebel am Strand. Lentje biegt irgendwann einen kleineren Weg ab und hält an. Sie stellt das Rad ab und deutet mir an, mit ihr zu kommen. Es ist still und wir hören niemanden. Die Jugend scheint auch eher am Strand von Nebel zu sein. Dort ist heute Party.

»Hier?« Sie lächelt und im Mondschein sieht Lentje plötzlich aus wie eine Göttin. Als ob sie eine dieser Geister der Nacht wäre, die heute umherschwirren. In meinem Bauch kribbelt es und in meinen Lenden ... das eine führt zum anderen. Die Göttin der Nacht verführt mich mit ihrem Lächeln, ihrem Aussehen, ihrem Geruch und ja, dieser Ort, der diese schöne Erinnerung an etwas innehat, das vor Jahren passiert ist, wird mit einer weiteren Erinnerung belegt. Als sie leise meinen Namen stöhnt und danach in meinen Armen liegt, ziert mein Gesicht ein breites Grinsen. Leise, eigentlich nur für mich selbst, sage ich zu diesem mir noch unbekannten Kerl, der hier mit Lentje dasselbe geteilt hat: »Sie gehört jetzt zu mir.«

»Was hast du gesagt?«

»Nichts.«

»Aber ...«

»Nichts, Lentje, ich habe nur ...«

»Nur?«

»... gesagt, dass ich glaube, im Himmel angekommen zu sein.«

»Lügner.«

»Ganz gewiss nicht, Lentje, ganz gewiss nicht.« Sie schmiegt sich an mich und wir bleiben noch lange liegen, glücklich, dass wirklich heute Nacht niemand hierherkommt. Denn so lauschig dieses Plätzchen ist, bin ich mir sicher, dass sich hier oft Pärchen treffen oder auch Teenager, die nicht von den Erwachsenen gesehen werden wollen. Da wir keine Decke mit dabei haben, wird es irgendwann kühl. Wir stehen auf und radeln zurück. Als wir an der Einfahrt zum Haus von Leon und Tanja ankommen, in dem Lentje zurzeit wohnt, halten wir an.

»Willst du den Abend hier beenden oder kommst du mit zu mir? Ich habe Brötchen gekauft.« Ich überlasse Lentje die Entscheidung. Wenn es ihr zu viel ist, wird sie es mir schon mitteilen. In der Ferne hören wir, dass sich ein Auto nähert. Vermutlich ist es Leevke, die nach Hause kommt. Oder Leeve. Doch dieses Geräusch lässt Lentje eine Entscheidung treffen. Sie steigt auf das Rad und fährt weiter, ohne ein Wort zu sagen. Mein Herz klopft. Wenig später liegen wir im Bett und tun das, was Menschen, die sich sehr gerne haben, einfach tun. Sie schlafen eng aneinandergekuschelt tief und fest ein. Und wachen erst wieder auf, als die Sonne längst ins Zimmer scheint und die Staubkörner in ihrem Strahl tanzen.

»Guten Morgen.« Sie sagt nichts. *Bereut sie es vielleicht?*

»Lentje?«

»Wenn du nicht willst, dass ich davonlaufe, dann solltest du mich küssen. Ich bin … irgendwie glaube ich mit deinen Alpakas verwandt, die sind auch Fluchttiere.« Ohne ihr Zeit zu lassen, tue ich genau das, küsse sie, halte sie fest und wir stehen erst nach einiger Zeit auf. Ich lasse ihr den Vortritt im Badezimmer, obwohl ich am liebsten gemeinsam mit ihr unter die Dusche steigen würde. Doch ich bin mir sicher, dass sie diese paar Minuten alleine braucht. Deshalb bereite ich während sie duscht das Frühstück vor. Ich stelle die Brötchen in den Ofen und bald erfüllt der Duft nach frischem Gebäck den Raum. Ich habe die Terrassentür weit geöffnet, auch wenn es noch frisch ist. Einem Friesen macht das wenig aus und Lentje, die hier aufgewachsen ist, hoffentlich auch nicht. Als sie zu mir tritt, gebe ich ihr einen Kuss auf die Wange.

»Ich bin in zwei Minuten wieder da. Mache es dir bequem. Wenn es zu kalt ist, einfach die Tür schließen.«

Nach einem ausgiebigen Frühstück radeln wir zusammen zu den Alpakas, um sie zu füttern. Dabei erleben wir eine Überraschung.

»Das gibt es doch nicht!« Ich schaue entzückt auf das, was dort auf der Wiese zu sehen ist.

»Prinzessin Mira hat ihr kleines Cria bekommen!« Es steht sogar schon richtig standfest da und trinkt bei seiner Mutter. Die kleine Herde steht schützend um die Kleinen herum und ich bin so stolz, als ob ich selbst Vater geworden wäre.

»Ein Sommernachts-Cria. Da hat die Magie sicherlich ein Wörtchen mitgeredet.« Langsam nähern wir uns dem kleinen Cria, das so putzmunter aussieht.

»Eine weitere Prinzessin. Sie muss einen Feennamen bekommen.«

»Wie wäre es mit Prinzessin Freya?«

»Das klingt perfekt. Die Göttin der Liebe und Fruchtbarkeit. Möge sie vielen kleinen Alpakababys das Licht der Welt schenken.« Wir grinsen uns an.

»Ich habe leider keinen Sekt dabei, um auf das neue Leben anzustoßen.« Lentje lacht mich an und macht mich mit ihren nächsten Worten glücklich.

»Das kann man ja nachholen.« Danach miste ich den Stall aus und gebe frisches Heu in den Unterstand. Lentje bleibt bei den Tieren und beobachtet sie weiter. Später fahren wir zurück und sie biegt in die Einfahrt der Kasers ein. Ohne dass wir etwas ausgemacht haben. Ich will sie nicht drängen, das würde sie vielleicht vertreiben. Wenn ich eines weiß, dann dass Lentje eine Frau ist, die ihr Leben bisher alleine sehr gut gemeistert hat. Sie braucht keinen Beschützer oder Versorger. Sie braucht jemanden, der sie liebt und der ihr auf Augenhöhe begegnet. Und genau das habe ich vor. Sie hält noch kurz an und ich beuge mich zu ihr rüber. Ich gebe ihr einen Kuss, bevor ich weiterfahre und nach Hause gehe.

»Danke für den wunderschönen Abend, die zauberhafte Nacht und den ereignisreichen Morgen.« Zwinkere ihr zu und fahre los. Sie sieht mir nach, das spüre ich genau, und exakt das freut mich.

In der Niemeyerkate angekommen, packe ich mir einen Korb mit etwas zu essen und trinken und laufe beschwingt zum Strandkorb. Ich genehmige mir den Tag einfach zum

Faulenzen. Gut, es ist ja auch Sonntag, und trotzdem kommt mir immer noch, nach diesem halben Jahr, in den Sinn, dass ich arbeiten sollte. Ich bekomme ein schlechtes Gewissen. Aber wenn ich im Strandkorb sitze und auf das Meer schaue, erfüllt mich wieder diese Ruhe, die ich auch auf der Terrasse meines Tiny-Houses immer verspüre. Das ja leider abgebrannt ist. Ich bin gespannt, ob Lentje vielleicht den Weg zum Strand findet oder ob sonst jemand auf dieselbe Idee kommt wie ich.

Tatsächlich muss ich nicht lange warten, denn da rennt Lenny, Leeves Labrador, zu mir und bekundet mir seine Liebe, indem er auf mich springt und mich ablecken möchte. Er wedelt wie verrückt mit seinem Schwanz, und ich muss ihn lachend mit den Händen abwehren.

»Langsam, Lenny, ich habe dich ja auch lieb. Wo hast du denn Leeve oder Tanja gelassen?« Im selben Moment und er muss meine letzten Worte noch gehört haben, kommt Leeve um die Ecke.

»Sein Herrchen ist hier. Lenny, benimm dich!« Lachend zieht er ihn am Halsband zurück und wirft einen Wurfball, um Lenny abzulenken und zum Spielen zu animieren. Es gelingt. Wie nicht anders zu erwarten, dieser Hund ist so verspielt. Leeve setzt sich aber neben mich, unaufgefordert. Er sieht in meinen Korb und deutet zur Pilsflasche.

»Darf ich?«

»Sicher.« Als er einen ersten Schluck genommen hat, fragt er mich ohne sein Gesicht zu einem Lachen zu verziehen, damit ich annehmen könnte, dass er es spaßig meint.

»Was ist das mit dir und Lentje? Welche Absichten hast du?«

»Absichten?«

»Ja klar! Ich bin der Kerl, der die drei Mädels quasi aufgezogen hat. Ich sollte wissen, ob der Kerl, der meiner Schwester den Hof macht, auch für sie sorgen kann. Wobei ich erwähnen sollte, dass sie keinen Versorger braucht.«

»Das fragst du jetzt nicht wirklich.«

»Natürlich.« Er sieht mich erneut mit einer Ernsthaftigkeit an, bei der ich mir überlege, was in ihn gefahren ist. Dann aber prustet er los.

»Was zur Hölle ...«

»Hab ich dich. Du solltest dein Gesicht sehen.«

»Ich dachte gerade wirklich, du ...«

»Was? Dass ich mich als Vater aufspiele, der seine Töchter vor den bösen Jungs beschützen will?«

»So in etwa.«

»Ich habe gehört, ihr hattet Freiluft ... ein Freiluftprogramm?«

»Was? Woher wisst ihr das denn schon wieder? Und sag mir jetzt nicht, dass das über den Inselfunk gegangen ist. Denn dann gibt es hier einen Voyeur, der ... nein, ich rede jetzt nicht weiter und will es auch nicht wissen. Und wehe, du erzählst das Lentje und ...« Wir lachen beide gemeinsam los. Leeve prostet mir zu und trinkt erneut. Ich schüttle nur den Kopf und nehme auch einen Schluck aus der Flasche.

»Verdammt, du ... das war unter der Gürtellinie, und diese Insel macht mich fertig.«

»Hat wenigstens Spaß gemacht?«

»Leeve! Du bist schlimmer als ... keine Ahnung wer. Meine Prinzessin Mira hat heute Nacht ganz alleine für Nachwuchs auf der Insel gesorgt. Weißt du das auch bereits?«

»Sicher.«

»Jetzt machst du mir Angst.«

»Nun ja, es gibt Menschen, die stehen früh auf und haben viel Zeit. Also, Frieda war radeln und hat es sofort ihrer Nachbarin erzählt, die zufällig Meikes Mutter ist, und diese wiederum hat bei mir angerufen. Eigentlich bin ich zu dir gelaufen, weil ich dir das eben sagen wollte, falls du noch nicht auf der Weide warst. Aber das hat sich ja erledigt, da du mir davon berichtet hast.«

»Ihr seid mir alle miteinander unheimlich.«

»Aber es gefällt dir hier.«

»Sehr.«

»Lentje hat uns gesagt, dass du Interesse am Grundstück hast.«

»Das ist jetzt ein ziemlich krasser Themenwechsel. Aber ... wenn dir Lentje davon erzählt hat ... ja, das stimmt. Bevor ihr es irgendjemandem verkauft, wollte ich mich anbieten.«

»Es ist nicht billig.«

»Ist mir bewusst.«

»Kannst du es stemmen?«

»Ich war Broker in Frankfurt an der Börse. Dass ich am körperlichen Abgrund stand, mit 34, kam nicht von ungefähr. Ich war gut. Ich kann dir sagen, dass ich täglich mit Summen zu tun hatte, von denen du nicht mal auf Anhieb weißt, wie viele Nullen an der Zahl sind. Und ich habe von den Gewinnen Prozente bzw. Bonusprozente erhalten. Also ja, ich war gut, und ja, ich verfüge über so viel Geld, dass meine Kinder und Enkel noch hervorragend davon leben können. Aber das ist für mich nicht wichtig. Nicht mehr. Heute ist es mir wichtig, hier zu sitzen, aufs Meer zu schauen und zu wissen, dass es meinen Tieren gut geht. Ich überlege mir sogar ernsthaft, mir einen Hund zuzulegen.

Und Lentje ... ich habe die allerbesten Absichten, was sie angeht. Damals waren wir jung, und ich war schuld daran, dass es auseinanderging. Ich war einfach zu jung. Das Gefühl, das ich verspürt habe, hat mir damals eine Scheißangst eingejagt.«

»Und heute nicht mehr?«

»Heute nicht mehr, ganz im Gegenteil.«

»Ich werde mit meinen Schwestern darüber reden. Wir würden es ungern verkaufen, aber wir werden es nicht halten können, nicht im Ganzen. Die Erbschaftsteuer wird uns das Genick brechen. Leon wird den Teil für Leevke sicherlich bezahlen können, wenn Leevke das zulässt. Aber ich kann das nicht. Auch Levka stand heute nicht. Deshalb ... wir werden das besprechen, und wir werden es nicht verkaufen, bevor ich mit dir gesprochen habe.«

»Danke.«

»Ich muss. Lentje wird sicherlich demnächst kommen. Da will ich ihren Platz nicht belegen. Die Flasche Sekt ist ja gewiss nicht für dich alleine. Komm, Lenny, lass uns zu Tanja zurückgehen.«

STRANDKORB SIEBEN

Alles sehr interessant was ich da zu hören bekomme. Es gibt Probleme und dann wieder könnten sie sich auch lösen. Es gibt ein neues Crai. Ein Alpakababy und Matthys hat die Nacht mit Lentje verbracht und nicht im Strandkorb. Was auch gut ist, denn womöglich würde die rote Farbe nie mehr verschwinden. Sie haben aber auch nicht unbedingt in der Kate miteinander ... zumindest nicht im ersten Teil. So wie sich das anhört, waren sie ... ich werde schon wieder rot. Aber es fügt sich alles und das gefällt mir.

LENTJE BOGER

Als ich in mein Zimmer trete und die Tür schließen will, werde ich daran gehindert. Levka, gefolgt von Leevke, treten ein. Schwestern.

»Wir wollen alles wissen. Alles. Und zwar ganz genau, nicht das, was der Inselfunk uns zugetragen hat«, sagt Levka.

»Der Inselfunk?«, *werde ich ein wenig rot?* Nur ein wenig.

»Was hat der Inselfunk wieder für Gerüchte verbreitet?«, frage ich.

»Dass ihr eure nackten Hinterteile im Sand...«, beginnt Levka.

»LEVKA Boger! Ich will nichts hören, das ... das ist nicht durch den Inselfunk gegangen!«, unterbreche ich sie.

»Natürlich«, sagt Leevke und setzt sich lachend auf das Bett. Die Arme verschränkt, grinst sie mich an.

»Wir wollen alles wissen. Alles«, betont Levka und setzt sich neben Leevke. Ich kann nicht anders, als zu grinsen.

»Es war ... perfekt«, sage ich. Ein kollektives Stöhnen der beiden folgt. Ich grinse erneut. »Er hat definitiv dazugelernt«, rede ich weiter. »Und ...«, fange ich erneut an. Wir alle drei lachen laut auf. » ... ich verliebe mich in ihn, und ich weiß nicht, ob ich es zulassen soll.«

»Es bereitet dir Angst«, sagt Leevke knapp.

»Er ist nicht Kurt«, fügt Levka hinzu.

»Karlheinz hieß er, Leevke«, meint Levka und ich schüttle den Kopf und sage: »Er hieß Bruno.« Erneutes Lachen folgt, wie nur Schwestern es können.

»Ich glaube, er ist stinkreich«, sage ich zu ihnen.

»Leon ist das auch. Aber das ist jetzt nicht wirklich ein Kriterium. Denn seine Steuer bekommt er ohne mich nicht hin. Außerdem tut das nicht weh«, fügt sie hinzu.

»Was jetzt wieder?«, frage ich sie.

»Geld zu besitzen. Er sieht nicht so aus, als ob er von goldenen Tellern isst und den Großkotz heraushängt. Außerdem bist du seit Neuestem ja auch eine gute Partie. Denk an das Grundstück«, sagt sie. Ich sehe die beiden einfach nur an, schüttle dann aber den Kopf und setze mich zwischen sie.

»Das ist mir alles ... das mit den Gefühlen verwirrt mich, und ja, ich gebe auch zu, dass ich mich in seiner Gesellschaft wohl fühle. Er liebt Tiere. Und Männer, die Tiere lieben, sind sowieso sexy. Er ist eifersüchtig auf Vincent«, sage ich.

»Wer ist das nun wieder? Ach, jetzt weiß ich es. Der süße Kerl, der dich zur Frau gemacht hat, doch nicht ... Lentje Boger, du hast mit Matthys dort ein Schäferstündchen gehalten, wo du ... Du willst sagen, du bist von diesem nordischen Gott, der damals hier beim Campen war, entjungfert worden? Am Strand und ... Lentje Boger, das wusste ich ja noch gar nicht«, sagt Levka.

»Du bist auch für solche Gespräche noch viel zu jung.

Zumindest damals warst du es«, kichern wir erneut wie Teenager.

»Also...«, fragt sie weiter.

»Was?«, meine ich.

»Vincent?«

»Er ist mit einer südländischen Lady verheiratet, hat zwei Söhne, und er ist ein toller Freund geworden. Wir haben den Kontakt nie abgebrochen, aber auch nie mehr diese Art von Nähe geteilt. Wir sind wirklich Freunde. Er kommt nach Amrum und wird mit der Familie in Wittdün auf dem Campingplatz Urlaub machen. Matthys ist so was von eifersüchtig. Ich finde das süß«, erzähle ich. Levka spricht erneut.

»Süß? Lentje Boger, so langsam bereitest du mir Angst. Du wirfst mit Sachen und Worten um dich ... so kenne ich dich gar nicht. Du wirst weich, wenn du von ihm sprichst, und deine Augen bekommen diesen speziellen Glanz. Das gefällt mir.«

»Er wohnt hier, und ich wohne in Dagebüll«, sage ich und sehe zuerst zu Leevke, dann wieder zu Levka.

»Das ist jetzt ein Witz, oder?«, fragt Levka.

»Was?«, frage ich zurück.

»Dass es ein Problem darstellt, wenn du in Dagebüll wohnst. Also ... ich dachte, meine studierte Schwester sei intelligenter«, meint Levka.

»Levka!«, rufe ich. Leevke wiederum meint.

»Nein, Lentje, sie hat recht. Dieses Argument, liebe Schwester, ist das Dümmste, was du je von dir gegeben hast.« Fassungslos sehe ich sie an. Ich zucke mit den Schultern.

»Ich bin echt verliebt, oder? Ich meine, so richtig

verknallt, und das ist ... verwirrend und auch irgendwie beängstigend und ...«

»Schön«, beendet Leevke meinen angefangenen Satz.

»Ja, irgendwie auch das«, stimme ich zu.

»Und weshalb bist du dann an einem Sonntag hier in deinem Zimmer und nicht bei ihm? Morgen geht es wieder mit der Arbeit los, und so kaputt wie du die vergangene Woche an den Abenden warst, solltest du den Sonntag ausnutzen. Komm, Levka, lassen wir unsere Schwester mit ihren Gedanken kurz alleine, damit sie sich sortieren kann und danach etwas hübsch machen kann, um wieder rüber zur Kate zu gehen«, sagt Leevke. Beide umarmen mich für einen Moment, bevor sie mein Zimmer verlassen. Sie sind die besten, und ja, irgendwie haben sie ja auch recht. *Warum sollte ich nicht glücklich sein dürfen? Warum sitzt da in mir dieser Teufel, der sagt, dass es bei allem einen Haken gibt? Und wieso habe ich Angst, meine Unabhängigkeit zu verlieren, obwohl Matthys mir doch überhaupt keinen Grund dazu gegeben hat?* Ich bin verknallt. Und ich habe verdammt noch mal nicht gelogen, der Kerl ist eine Wucht ... im Strandkorb, auf dem Sand am Strand und auf einer gemütlichen Matratze. Verdammt, ich bin sowas von verwirrt und ... verliebt, sagte ich bereits. Vielleicht sollte ich es einfach auf mich zukommen lassen. Ich höre die beiden vor der Tür noch kichern und reden. Sie ... sie sind Schwestern. Und sie ... Inselfunk. *Ob Matthys schon davon gehört hat?* Wer zum Teufel hat uns dabei gesehen, das würde mich schon interessieren. Ich tippe ja auf ein weiteres Pärchen, das sich ein einsames Plätzchen suchen wollte. Es aber besetzt war. Ich grinse. *Was hat mich geritten, so etwas zu tun?* Aber Matthys, er ... ich kann jetzt Stunden später nur den Kopf darüber schütteln, und doch sind da diese Gefühle in meinem Kopf, und ich bin so wach wie selten.

Nur eine halbe Stunde später laufe ich über den Bohlenweg zum Strand und Richtung Strandkorb. Ich vermute, dass Matthys genau dort sitzt. Eine Gruppe Jugendlicher spielt in dem von ihnen abgesteckten Beachvolleyballfeld, und laute Musik ist zu hören. Gute Musik, die auch in meinen Ohren richtig gut klingt. Die Kids grüßen freundlich, und ich fange einen Ball auf, der direkt auf mich zukommt, lache und werfe ihn zurück.

»Danke!«, ruft einer der Jugendlichen.

»Gerne. Die Musik ist top«, antworte ich und bin mir bewusst, dass Matthys mich beobachtet. Ich habe ihn längst gesehen. Das Kribbeln in meinem Bauch wird größer. Eines ist aber sicher, außer ein paar züchtigen Küssen wird heute im Strandkorb nichts passieren. Ich grinse über meine Gedanken. Was bitte geht in meinem Kopf vor!

»Hi, lange nicht gesehen«, begrüße ich Matthys, wie vermutet sieht er mich irritiert an. Als ich grinse, meint er nur: »Euer Humor ist einfach nur ...«

»Wen meinst du mit »euer«?«, frage ich zurück.

»Dein Bruder war vorhin hier und hat mich nach meinen Absichten, was dich angeht, gefragt«, erklärt er. Ich sehe ihn irritiert an.

»Und was ... hast du geantwortet?«, frage ich neugierig.

»Nur die Besten. Ich habe ihm gesagt, dass ich dich heiraten werde und wir mindestens drei Kinder bekommen. Er wird Patenonkel werden. Wir werden auf jeden Fall zwei Hunde unser Eigen nennen und dazu die Alpakaherde, die sich vergrößern wird, und wir ...«, fängt er an, aber ich unterbreche ihn.

»Stopp!«, nun lache ich.

»Du bist schlimmer als Levka.«

»Ach ja? Er hat wirklich gefragt. Und ich habe ihm auch gesagt, dass ich nur die allerbesten Absichten habe. Lass uns jetzt auf das kleine Crai anstoßen. Ich habe extra Sekt mitgebracht und ihn sogar mit einem Eis-Akku gekühlt.«

Wir sitzen noch stundenlang da und schauen auf das Meer hinaus, genauer gesagt auf das Watt. Das Meer zieht sich langsam zurück, und die Sterne am Himmel sind zu sehen, so wie in der Nacht zuvor. Matthys hat sogar an etwas zu essen gedacht. Wir reden und reden und reden, erzählen uns von den vergangenen Jahren und unseren Erlebnissen. Matthys berichtet mir von seiner Arbeit, und man spürt deutlich, wie gerne er sie bis zu einem bestimmten Punkt gemacht hat. Er spricht mit viel Leidenschaft, und ich meine auch Wehmut herauszuhören, aber auch Erleichterung darüber, dass dieser Teil hinter ihm liegt und er es jetzt nur noch für sich selbst macht, wann immer er Lust dazu hat. Er verwaltet sein Geld, und so wie es sich für mich anhört, macht er das immer noch ziemlich erfolgreich.

»Mir wären das viel zu viele Statistiken und Zahlen. Ich liebe die Arbeit mit Tieren. Es ist anstrengend, aber Tiere sind so dankbar. Gut, nicht alle, aber die meisten vergessen bald, dass man ihnen auch mal weh tun musste.«

»Hast du nie Angst davor, dass dich ein Hund beißt?«

»Man muss die Tiere beobachten. Wenn sie verletzt sind, dann ist es nicht so einfach. Sie sind in Panik und fürchten sich. Aber nein, ich habe keine Angst. Man muss nur vorsichtig sein.«

Matthys erzählt mir erneut mehr von seinem Zusammenbruch und seiner Therapie danach. Auch, dass er wirklich kurz davor war, dem Ganzen ein Ende zu setzen. Das macht mir Angst und mir wird bewusst, wie schleichend die Arbeit uns fertig machen kann, vor allem wenn niemand da ist, der einen stoppt oder darauf aufmerksam macht, der einen zum Nachdenken anregt. Aufzuhören ist leicht, wenn man genügend Geld besitzt, das sagt auch Matthys, aber auch, dass man trotzdem den eingeschlagenen Weg ändern kann. In gewisser Weise habe ich das bereits getan, als mir klar wurde, dass meine erste Ausbildung nichts für mich ist. Es ist ein toller Nachmittag und Abend. Wir küssen uns nicht, schlafen auch nicht miteinander. Wir sitzen einfach im Strandkorb und erfahren, wie es dem anderen in den vergangenen Jahren ergangen ist. Es ist ein Kennenlernen. Vielleicht hätten wir das zuerst tun sollen, bevor wir uns auf diese andere Art näher gekommen sind, aber gut. Besser jetzt als nie. Denn Reden ist wichtig, und es ist schön zu erkennen, wie gut wir das können und wie gut wir harmonieren. Irgendwann werde ich aber müde, und morgen ist Montag, die Woche wird wieder stressig werden.

»Ich muss jetzt wirklich gehen. Das war ein sehr schönes Wochenende.«

»War es. Ich hoffe, du wirst morgen nicht mit Fragen und Andeutungen gelöchert, was unsere Freiluftangelegenheit angeht,«, ich grinse.

»Möglich, und ich werde den wissenden und lächelnden Gesichtern stolz begegnen.«

STRANDKORB SIEBEN

Was für ein wundervoller Sonntag. Matthys und Lentje erlebte ich hier so vertrauensvoll miteinander. Wie sie sich erzählen, was sie in den vergangenen Jahren alles erlebt haben. Beide haben viel erreicht, und ich spüre die Verbundenheit zwischen ihnen. Es ist schön zu wissen, dass sich hier etwas anbahnt oder bereits angebahnt hat. Die Probleme, von denen Lentje meint, dass sie noch bestehen, werden sich bald in Luft auflösen, da bin ich mir sicher.

MATTHY SAATHOFF

In den folgenden zwei Wochen treffen wir uns immer mal wieder am Strandkorb. Lentje schläft nicht nur einmal in meinen Armen ein. Ihr Job, stelle ich fest, ist auch ein Knochenjob. *Wie nicht?* Lentje erzählt mir, dass ihre Kollegin hier auf Amrum einen großen Kundenstamm aufgebaut hat und auch nie nein sagen konnte. Dazu hat sie in ihren Augen ziemlich unorganisiert gearbeitet. Die Kunden umzuerziehen bedarf etwas Zeit und verärgern möchte sie niemanden. Ich bin mir aber sicher, dass sie das mit ihrem Charme und Witz hinbekommen wird. Den ein oder anderen Kunden wickelt sie genau damit um den Finger. Auch wenn das anstrengend ist. Ich sehe zum Watt hinaus. Das Wasser wird erst morgen früh wieder hier sein. Die Gezeiten verändern sich täglich. Wenn man den Rhythmus aber einmal in sich trägt, dann ist genau diese Veränderung auch etwas Wunderschönes. Als Wind aufkommt und ein herannahendes Gewitter ankündigt, wecke ich Lentje auf. Ich muss nach den Tieren sehen. Sie in den Unterstand bringen, damit sie nicht durch den Donner verschreckt werden, in Panik geraten und umherrennen.

»Lentje?«

»Hm.«

»Wir müssen gehen. Du ins Bett, ich zu den Tieren. Es zieht ein Gewitter auf, und ich möchte die Tiere sicher im Unterstand wissen.« Sie sieht mich an.

»Ich bin eingeschlafen?«

»Bist du.«

»Warum hast du mich nicht geweckt?«

»Weil du müde warst?« Ich lächle sie an.

»Komm, ich begleite dich noch zu dir.«

»Musst du nicht. Fahr zu deinen Tieren. Ich bin wirklich hundemüde. Keine Ahnung, was mit mir los ist, aber seit ein paar Tagen könnte ich ununterbrochen schlafen.«

»Das ist die gute Inselluft. Solltest du doch wissen.«

»Vermutlich.« Ich nehme sie in den Arm und küsse sie sanft.

»Schlaf gut. Sollen wir morgen die Insel mit dem Rad unsicher machen und Meike besuchen? Sie platzt sicher vor Neugier, denn die letzten zwei Wochen haben wir uns nicht mehr bei ihr sehen lassen.«

»Einverstanden, aber erst nach Mittag. Ich ... ich glaube, ich muss mich wirklich ausschlafen.« Mit diesen Worten geht sie den Strand entlang zum Bohlenweg Richtung Kaser-Anwesen. Ich wiederum gehe zurück zur Kate und fahre mit dem Pick-up zur Herde. Normalerweise würde ich das Rad nehmen, aber das Gewitter zieht zügig näher. Die Tiere sind bereits in den Unterstand gegangen, nur King Charles ist noch draußen.

»Na mein Großer, musst du den starken Kerl spielen?

Eindruck bei den Ladys hinterlassen? Das muss nicht sein.« Er atmet hektisch, als ein Donnerschlag über uns knallt und kurz darauf ein Blitz den Himmel erhellt. Vorsichtig, um ihn nicht noch mehr in Panik zu versetzen, gehe ich zu ihm und dränge ihn zum Unterstand. Als er ohne sich groß zu wehren in ihm ist, schließe ich das Gatter und gebe ihnen noch etwas frisches Heu. Sie sind jetzt, da sie alle zusammen sind, wieder ruhig. Die Kleinen trinken bei ihren Müttern. Leila hat mir erst vor zwei Tagen ein weiteres Crai geschenkt, und mit dem kleinen Prinzen ist meine Herde so richtig angewachsen. Ich bin stolz darauf, dass sie alle gesund und munter sind. Als der Donner noch lauter wird und auch erste Tropfen vom Himmel fallen, beschließe ich, zurück in die Kate zu fahren. Dort auf der Terrasse betrachte ich das Naturschauspiel unter dem schützenden Dach. Mein Handy klingelt, und das kommt so selten vor, dass ich etwas verwundert darauf blicke. Kilian Zeller, ein Arbeitskollege von früher.

»Hallo Kilian, das ist mal eine Überraschung.«

»Hallo Matthys. Ich dachte … entschuldige, dass ich so lange nichts von mir hören lassen habe. Aber du weißt ja, wie das ist. Falsch, das ist keine Entschuldigung. Aber …«

»Alles gut. Ich freue mich über deinen Anruf, und ich hätte ja selbst bei dir anrufen können. Aber … ich brauchte diesen Abstand.«

»Wo steckst du denn? Mielke sagt, dass deine Wohnung untervermietet ist.«

»Das stimmt. Ich bin umgezogen, nach Amrum um genau zu sein. Eigentlich hatte ich vor vier Wochen hier ein Tiny-House, doch das ist abgebrannt. Jetzt bin ich übergangsweise in einer Kate, einem Ferienhaus, untergekommen.«

»Was machst du denn bitte auf Amrum?«

»Alpakas züchten.« Es ist still. Dann ein.

»Was?«

»Du hast schon richtig gehört. Ich habe mir eine kleine Alpakaherde zugelegt. King Charles ist der Boss, zusammen mit Queen Kleo, und dann gibt es noch Mira und Leila und zwei Prinzen, seit einigen Tagen sogar vier kleine Crais.«

»Was auch immer das ist, und entschuldigen Sie, ich wollte mit Matthys Saathoff sprechen, ich muss mich verwählt haben.«

»Alpaka-Babys.«

»Was?«

»Crais sind Alpaka-Babys, und nein, du hast dich ganz gewiss nicht verwählt. Ich fühle mich seit sehr langer Zeit wieder richtig wohl in meiner Haut. Versteh mich nicht falsch, Kilian, ich habe meine Arbeit geliebt. Sonst hätte ich sie niemals so erfolgreich ausführen können. Ich habe sie aber zu sehr geliebt und irgendwann nicht mehr bemerkt, dass sie mich völlig einnimmt und mich sogar krank macht. Der Zusammenbruch, das war ein Hilfeschrei meines Körpers. Mein Herz, das hätte laut meinem Arzt in Kürze schlapp gemacht und mich auf den städtischen Friedhof befördert, wenn ich es nicht zuvor selbst getan hätte. Deshalb sagte er mir auch klipp und klar, dass es kein Zurück mehr geben wird.«

»Aber Alpakas? Ein Tiny-House? Eine kleine Insel? Ich bin mir ziemlich sicher, dass du dir eine Villa irgendwo im Süden leisten kannst.«

»Stimmt, aber was soll ich dort tun? Ich brauche eine

Aufgabe, aber eine, die mir guttut. Und die Tiere, die tun es.«

»Mensch Matthys, das sind mal Neuigkeiten. Und gibt's womöglich auch eine Frau? Jetzt, da du Zeit hast …«

»Gibt es irgendwie … ja. Erinnerst du dich an Lee?« Er ist still.

»Du meinst die Lee vom Studium, in die du total verknallt warst, die du aber warum auch immer links liegen gelassen hast?«

»Exakt jene. Sie ist hier. Auf Amrum.«

»Du willst mich verarschen.«

»Nein. Sie hat hier den Sommer über die Vertretung der Tierarztpraxis übernommen, und es fühlt sich richtig an. Also, wenn du mich fragst, ob es da jemanden gibt, dann ja. Und wie sieht es bei dir aus?«

»Ich habe gekündigt.«

»Was?«

»Ich gehe nach London. Das Angebot war unschlagbar. Meine Frau geht mit, und … ich weiß, was du sagen willst. Keine Sorge, ich habe das, was mit dir passiert ist, nicht vergessen oder anders gesagt, auf dem Schirm. Trotzdem will ich mir diese Chance nicht entgehen lassen. Für zwei Jahre habe ich unterschrieben. Ich soll den größten Staatsfonds Großbritanniens managen. Das wird höllisch werden, und doch ist das eine unglaubliche Chance für mich.«

»Gratuliere.« *Ist da in mir ein schmerzhaftes Ziehen? Zittern mir die Finger? Und würde ich am liebsten den Laptop öffnen?* Ja verdammt!Etwas heiser füge ich hinzu.

»Es ist nicht einfach für mich, gebe ich zu. Wenn ich, wie heute, mit dir über die Arbeit rede, ist es wie eine Sucht. Ich fühle mich manchmal wie ein Junkie, der auf Entzug ist.

Deshalb auch die Tiere. Wenn ich sie beobachte, dann werde ich ruhig.«

»Dass ich angerufen habe, sollte auch nicht deshalb sein, weil ich damit angeben will. Gaby hat mir die Leviten gelesen, mich geschimpft, dass ich mich nie bei dir gemeldet habe, und als Mielke das mit der Wohnung heute erzählt hat, da … es war heute irgendwie genau richtig.«

»Und mich freut es ungemein.« Ein Donnerschlag lässt die Scheiben vibrieren.

»Wow, bei dir geht es aber ab.«

»Stimmt, die Gewitter können ordentlich krachen. Morgen soll es wieder schön werden. Zum Glück, die Urlauber wünschen sich gutes Wetter, wenn sie ihre Ferien hier verbringen.« Wir reden noch eine Weile miteinander, nicht über die Arbeit, aber über den ein oder anderen Kollegen und was wer verbockt hat, also irgendwie dann doch über das Geschäft.

»Ich muss, Matthys.«

»Danke für den Anruf, und komm gerne mal vorbei, wenn du die Ruhe und Stille überhaupt aushältst.«

»Also das Angebot nehme ich durchaus an. Vor allem aber, Matthys Saathoff, erwarte ich eine Einladung zur Hochzeit.«

»Zur was?«

»Zur Hochzeit, so wie ich das aus dem Gespräch herausgehört habe …«, ich lache.

»Du hörst viel zu viel, mein Freund. Bis dann, und lass es in London krachen. Zeig den Herrschaften dort, was du so drauf hast. Bis dann.«

»Bis dann, Matthys.« Ich lege auf. Atme tief durch. London, der Traum eines jeden Brokers. Er kann nur noch getoppt werden durch New York. Andererseits, auch in Frankfurt war es perfekt. Auch wenn ich es nicht will, schaffe ich es heute nicht, die Finger vom Laptop zu lassen. Ich nehme diesen zur Hand, und wie es nun mal bei Drogensüchtigen ist, bin ich in Sekunden drin in der Materie und schaue mir die Kurse an. Suche mir ein paar Statistiken heraus, und ja, ich investiere auch in ein paar Firmen und ... als ich wieder auftauche, ist es draußen hell. Ich sehe erstaunt zum Fenster. *Hell? Wie kann es bitte hell sein?* Als mir bewusst wird, was ich getan habe, schüttle ich den Kopf, klappe den Laptop zu und gehe ins Bett. Schlafe zum Glück gleich ein, aber träume von Zahlen, Statistiken, und wache Stunden später wie gerädert auf. Mein Handy klingelt. Ich greife, noch im Bett liegend, danach.

»Ja?«

»Matthys, ich bin es. Ich muss absagen, ich habe ekelhafte Kopfschmerzen und schlafe auch gleich weiter. Ich ... entschuldige, aber ...«

»Ruh dich aus, Lentje. Wenn du was brauchst, melde dich.«

»Danke.« Nachdem ich nun den Samstag frei habe, beschließe ich, alleine loszuradeln und trotzdem Meike einen Besuch abzustatten. Vielleicht geht es Lentje zum Mittag ja besser, und dann habe ich wenigstens Kuchen da, mit dem ich sie verwöhnen kann. Das Café ist gut gefüllt, und ich habe sozusagen Glück, denn sie ist zu beschäftigt, um lange mit mir zu reden.

»Alles klar bei dir, Matthys? Hast du dich gut in der Kate eingewöhnt?«

»Habe ich.«

»Und Zuwachs gab es auch wieder, habe ich gehört.« Ich hebe eine Augenbraue an.

»So, das weißt du bereits?«

»Natürlich.« Sie zwinkert. »Ich bin wie alle gut informiert. Wie viele Stück Kuchen dürfen es sein? Und wenn ich anmerken darf, Lentje mag die Heidelbeertorte sehr gerne. Die gibt es nicht jeden Tag.« Ich muss grinsen, denn diese stupide, nicht ausgesprochene Frage, ob ich mich mit ihr treffe, ist gut.

»In diesem Fall, liebe Meike, packe mir doch zwei Stück Friesentorte und zwei Stück dieser köstlichen Heidelbeertorte ein, die Lentje so mag.« Zufrieden lächelt sie und packt die Kuchenstücke sicher in eine Box, damit ich den Kuchen gut mit dem Rad transportieren kann und er unbeschadet zuhause ankommt. Da es heute ein wunderschöner Tag zu werden scheint, mit viel Sonne, fahre ich zügig zurück zur Kate und stelle den Kuchen in den Kühlschrank. Danach radle ich erneut los und gehe auf den Markt nach Süddorf. Kaufe ein und besuche später noch dat Kuchelhus, um mir dort ein kaltes Pils zu genehmigen. Danach aber überkommt mich die Müdigkeit. Die durchgearbeitete Nacht sitzt mir in den Knochen. Ich radle zurück, sehe nochmals auf mein Handy, schreibe Lentje eine Nachricht, dass ich in der Kate bin, falls es ihr besser geht und ich Kuchen habe. Sie eingeladen ist. Es kommt keine Nachricht. Sie sieht sie sich noch nicht einmal an. Es muss ihr wirklich nicht gut gehen. Auch am Sonntag höre ich nichts von ihr, und ehrlich gesagt mache ich mir ziemliche Sorgen und laufe am Mittag über den Strand zum Anwesen der Kasers. Lucky kommt mir schwanzwedelnd entgegen, und auf der Terrasse höre ich Gelächter. Nicht nur der Duft von angezündeter Grillkohle erfüllt die Luft. Ich will mich schon abwenden, da ich nicht stören möchte, da ruft mir Leon zu.

»Wieso kommst du nicht näher, Matthys?« Der Kerl ist blind, aber er hört wirklich alles.

»Woher wusstest du, dass ich es bin?«

»Ach ich habe da so meine Tricks drauf.« Er grinst, und ich freue mich ungemein darüber, dass dieser Mann seine Lebensfreude durch diesen brutalen Schicksalsschlag nicht verloren hat. Die Vorstellung, innerhalb von Monaten blind zu sein, das will ich mir in meinen schlimmsten Alpträumen nicht vorstellen.

»Jetzt komm schon.«

»Ich will wirklich nicht stören, wollte nur nach Lentje sehen. Sie hat sich nicht gemeldet.« Leevke meint: »Sie ist in ihrem Zimmer. Gehe ruhig zu ihr. Ich glaube, die Kopfschmerzen sind weg, aber sie ist ziemlich platt. Nimm ihr was zu trinken mit, und wenn sie Hunger hat, das Essen ist in zwanzig Minuten fertig. Matthys, du bist herzlich eingeladen.«

»Muss nicht sein ...«

»Matthys!«

»Ist ja schon gut.« Ich schmunzle und mache mich auf den Weg zu Lentjes Zimmer. Dort klopfe ich an, und auf ihr »herein«, trete ich ein, sehe sofort, dass sie noch nicht wirklich fit aussieht.

»Hey du. Was machst du denn?«

»Keine Ahnung, aber die Kopfschmerzen gestern haben mich niedergerungen, sie haben gewonnen. Und da ich ungern Tabletten nehme, musste ich schlafen. Und das werde ich auch gleich weiter tun. Richte Leevke aus, dass ich nichts zum Essen brauche. Trinken sehe ich, hast du mir ja gebracht. Matthys, ich … es tut mir leid, aber ich muss schlafen.« Lächelnd, aber auch besorgt, meine ich leise.

»Jetzt werde ich doch tatsächlich von einer hübschen, zauberhaften Lady rausgeschmissen. Ist mir noch nie passiert.« Ich beuge mich zu ihr und küsse sie auf die Stirn.

»Schlaf gut. Ich werde jetzt allerdings dick und fett werden, denn ich glaube nicht, dass der Kuchen bis morgen Abend frisch bleibt und schmeckt.« Ohne auf ihre Antwort zu warten, gehe ich zu den anderen. Leevke sieht mich fragend an.

»Kein Hunger, viel Schlaf, und zu trinken habe ich ihr ja was gebracht. Entweder hat sie sich in den letzten Tagen übernommen, oder sie brütet einen Infekt der Extraklasse aus. Vielleicht schläft sie es so auch weg.«

»Hm.« Leevke sieht immer noch besorgt aus, dann aber strafft sie sich, dreht sich um und deutet auf einen Stuhl.

»Setz dich. Was darf ich dir zu trinken bringen? Ein Glas Wein? Oder …«

»Wasser. Einfach Wasser, Leevke. Ohne mich zu etwas zu überreden oder einen Witz darüber zu machen, dass ich keinen Alkohol trinke, bringt sie mir ein großes Glas.« Auch etwas, was ich an den Kasers und Bogers mag. Ich höre dem Gespräch von Leon und Leevke zu, die sich unterhalten oder ihr Gespräch, das durch mein Erscheinen unterbrochen wurde, fortsetzen.

»Keine Ahnung, was mit Raffaele los ist, aber ihn bedrückt etwas. So schweigsam wie die vergangenen Wochen kenne ich ihn nicht.«

»Denkst du, es hat etwas mit der Firma zu tun?« fragt ihn Leevke.

»Nein, oder wer weiß das schon? Ich hoffe, dass ich ihm

mit dem Verkauf nicht zu viel aufgebürdet habe. Doch ich kann es eigentlich nicht glauben. Meine Firma stand gut da, und ich hatte hervorragende Mitarbeiter.«

»Du könntest dich bei ihnen informieren.«

»Würdest du das wollen? Ich nicht.«

»Stimmt.«

»Schluss jetzt mit diesen Vermutungen und Spekulationen. Ich habe dir heute Morgen bereits gesagt, ruf ihn an und frag ihn, was los ist. Wir essen jetzt.« Tanja grinst, und auch Leevke muss schmunzeln. Leon wiederum meint: »Da seht ihr, wie es mir geht, ich bin völlig unter ihrer Fuchtel.« Sie gibt ihm eine Kopfnuss, er greift nach ihrer Hand, zieht sie nah an sich und küsst sie.

»Lass los Leon Kaser, der Fisch verkohlt. Nicht, dass es dann heißt, ich würde dich verhungern lassen.«

»Gewiss nicht.« Der Nachmittag wird richtig gemütlich, auch wenn Lentje fehlt. Leevke sieht nach ihr, aber deutet mir auf meinen fragenden

Blick hin an, dass sie schläft. Gegen neunzehn Uhr verabschiede ich mich und fahre zu den Alpakas. Danach bin ich jedoch so müde, dass ich ins Bett fallen kann. Die Nachtschicht, der Rückfall in alte Gewohnheiten, holt mich ein.

LENTJE BOGER

Feierabend. Ich hätte wirklich nicht gedacht, dass es so anstrengend werden würde, das gebe ich zu. Doch jetzt bin ich erschöpft. Bella und Kaatja schmunzeln, als ich ihnen sage, dass mich die Woche angestrengt hat.

»Du schlägst dich aber gut«, ermutigen sie mich. Nachdem der letzte kleine Patient versorgt wurde, gehe ich in die Teeküche und trinke etwas. Hinter meiner Stirn macht sich ein unangenehmes Pochen bemerkbar. Ab und zu bekomme ich Migräne, aber das passiert selten. Doch heute scheint so ein Tag zu sein. Die ganze Woche über habe ich es nicht geschafft, zum Strandkorb zu gehen. Draußen, als ich zu meinem Fahrrad gehe, steht die Luft. Ich blicke zum Himmel. Katja, die neben mir steht, meint, dass es heute noch ordentlich Gewitter geben könnte.

»Das vermute ich auch, wir sollten besser nach Hause fahren«, stimme ich ihr zu. Nachdem ich die wenigen Kilometer bis zu meinem Haus geradelt bin und eine Dusche genommen habe, gehe ich zum Strandkorb. Dort sehe ich Matthys sitzen und lächle.

»Hallo«, begrüße ich ihn. Er gibt mir einen sanften Kuss und sagt: »Du siehst müde aus.«

»Ich bin auch müde, wenn ich ehrlich bin«, antworte ich und setze mich neben ihn. Ich lehne mich an Matthys. Er legt seinen Arm um mich und streichelt mich sanft. Wir reden ein wenig miteinander. Ich erzähle ihm von einigen meiner Patienten, doch bald blicke ich auf das Meer hinaus und schlafe ein. Irgendwann weckt mich Matthys. Ich bin völlig desorientiert, aber das erwartete Gewitter scheint angekommen zu sein.

»Ich glaube, du solltest nach Hause gehen. Ich würde dich auch gerne mit zu mir nehmen, aber du scheinst den Schlaf wirklich nötig zu haben. Wir sehen uns ja morgen, einverstanden?«

»Absolut«, antworte ich, gähne und stehe beim nächsten Donnerschlag auf. Ich gehe über den Strand nach Hause. Das Gespräch habe ich noch mitbekommen, aber danach muss ich eingeschlafen sein. Es sollte mir vielleicht peinlich sein, aber ich bin sicher, dass Matthys es mir nicht übel nimmt. Als ich am nächsten Morgen aufwache, zögere ich, die Augen zu öffnen. Die gestern Nachmittag angekündigte Migräne hat mich voll erwischt. Hastig stehe ich auf und übergebe mich. Der Tag wird wohl nicht leicht werden, besonders da ich ungern Tabletten nehme. Da ich in den letzten Monaten keinen Anfall hatte, habe ich meine Medikamente auch nicht mit auf die Insel genommen. Sie liegen in meiner Wohnung in Dagebüll. Im Kühlschrank. Ein Fehler, wie ich nun feststellen muss. Nachdem alles draußen ist, gehe ich wie in Trance zurück ins Bett und versuche einzuschlafen. Irgendwann am Vormittag wache ich wieder auf und der Schmerz hinter meiner Stirn hat sich nicht verbessert. Ich muss Matthys anrufen und absagen. Kurz darauf, mit letzter Kraft, spreche ich kurz mit ihm. Aber sofort lege ich wieder auf und versuche weiter zu schlafen. Den ganzen Tag über geht es mir miserabel. Leevke sieht mehrmals nach mir. Sie kennt diese Zustände von mir und weiß, wie sie einzuschätzen sind und dass ich an solchen Tagen einfach meine Ruhe haben möchte. Ihr Angebot, Tanja zu holen, lehne ich zunächst ab. Am Sonntagmorgen ist der schlimmste Schmerz verschwunden, aber ich bin einfach nur erschöpft. Matthys klopft gegen Mittag an meine Tür und schaut herein. Ich kann ihm aber nur dasselbe sagen, was ich ihm gestern schon gesagt habe: dass ich schlafen muss. Er küsst mich sanft und geht wieder.

STRANDKORB SIEBEN

Müde ist, Lentje Boger. Und doch war es wunderschön, dass die beiden in mir saßen und miteinander geredet haben. Wie Matthys sie sanft in den Schlaf gestreichelt und beschützt hat. Hach, wie schön das war. Jetzt aber das Gewitter. Ich hoffe, es wird nicht allzu ungemütlich werden. Den Sommer mit viel Sonnenschein mag ich auf jeden Fall lieber.

MATTHYS SAATHOFF

Die Woche beginnt mit Regen, was zumindest ein wenig erklären könnte, weshalb Lentje solche Kopfschmerzen hatte. Wetterfühlig nennt man das wohl. Sie schreibt mir kurze Nachrichten, dass es ihr gut geht und dass sie diese Woche viel zu tun hat. Am Donnerstagabend besucht sie mich. Es regnet immer noch. Die Touristen, die diese Woche hier auf Amrum Urlaub gemacht haben, hatten Pech. Nächste Woche allerdings wird dieser Vincent anreisen, den ich nicht kenne, aber verdammt, ich bin so eifersüchtig auf den Kerl. Schon jetzt, wenn er sich noch als gutaussehend oder auch noch netter Kerl herausstellt, dann ... auch wenn ich weiß, dass er verheiratet ist und Kinder hat ... bin ich eifersüchtig, und das ... ziemlich.

Die Woche verfliegt nur so, auch wenn ich nicht viel zu tun habe, sollte man meinen. Aber das stimmt nicht. Die Tiny-House-Firma ruft mehrmals an. Trotzdem ich genau dasselbe bestellt habe, tauchen Fragen auf. Dann die Bank, die mir irgendwelche Anlagen aufschwatzen will. Nach einem kurzen, deutlichen Gespräch hat der junge Mann, der auf Kundenfang war, aufgelegt. Er hat mir beinahe leid getan, *aber schauen die jungen Kollegen ihre Kunden auch mal genauer an?* Ich staune mal wieder darüber, aber gut, ich will jetzt nicht oberlehrerhaft sein.

Am Freitag, einen Tag bevor dieser Vincent anreist, wird das Wetter super. Klar, es musste ja so kommen. Ich bin fies oder halt eifersüchtig. Lentje war diese Woche wieder nur an einem Abend bei mir, und seit dieser einen Nacht haben wir auch nicht mehr miteinander geschlafen. Gut, ich bin jetzt ganz gewiss nicht darauf aus. Wirklich nicht, trotzdem vermisse ich ihre Nähe, und morgen reist Vincent an. Dieser Name ist wie ein Stachel unter meinem Fingernagel. Ich muss selbst über mich lachen.

Eine Nachricht geht auf mein Handy ein. Dem Ton nach ist sie nicht von Lentje. Ich sehe nach und erstarre. Ich denke nur, wer zur Hölle ... Und danach renne ich zum Auto und fahre so schnell wie möglich zu den Alpakas. Tatsächlich. Sie sind weg. Hektisch sehe ich mich um. Ein Fahrrad steht am Gatter, und ich erkenne, dass Frieda beim Unterstand steht und mit jemandem spricht. Als sie mich sieht, winkt sie mir zu.

»Matthys, komm her, schnell. Ich glaube, sie hat sich verletzt. Wer tut denn so etwas, und ich habe keine Ahnung, wo die anderen Tiere sind. Ich habe noch gesehen, wie drei Jungs mit Fahrrädern weggefahren sind, aber ich habe sie nicht genau erkannt, die Augen. Nur die Knallfrösche oder Böller, die habe ich gehört. Ich dachte, ich schaue nach, was da los ist, und dann ... sie sind weggerannt, und das Gatter war offen, und hinten auf der Wiese ... ich glaube, sie sind in Panik dagegen gerannt.« Ich sehe in den Stall. Es ist Leila und ihr kleines Crai, das vor Angst und Panik zittert.

»Böller?«

»Ja, das ... sie hinkt etwas. Ich habe sie in den Unterstand gescheucht. Sie konnte nicht mit den anderen mitrennen, sie hat auf ihr Kleines gewartet.«

»Danke, Frieda.« Ich sehe mich um und rufe währenddessen Lentje an.

»Hallo, Matthys. Sorry, ich wollte nachher ...«

»Lentje, du musst zu den Alpakas kommen. Kinder haben laut Frieda Böller knallen lassen, und noch schlimmer, das Gatter geöffnet. Ich glaube, sie sind nicht durch das Gatter entkommen, sondern in Panik durch den Holzzaun gerannt. Richtung Dünen ist der Zaun kaputt. Leila hinkt, und das Crai ist völlig verängstigt, und die anderen ... ich muss sie suchen. Hoffentlich sind sie nicht ins Watt ... kommst du?«

»Ich bin schon unterwegs. Ich rufe Lars an und ...« Ich lege einfach auf.

»Frieda, bleibst du hier? Lentje kommt gleich. Ich suche die Alpakas.«

»Sicher.« So schnell es geht, renne ich über die Weide und sehe, dass die Tiere den Zaun regelrecht in Panik durchgerannt haben. Die Bretter sind in der Mitte durchgebrochen. Ich will mir im Moment nicht ausmalen, ob sie sich dabei verletzt haben. Allein der Gedanke daran lässt mich vor Angst erschaudern. Mir sind die Tiere ans Herz gewachsen, besonders die Kleinen. Ich renne, auch wenn es nicht erlaubt ist, über die Dünen. Oben am höchsten Punkt versuche ich etwas zu erkennen, aber da ist nichts. Das Meer ist weg, es ist Ebbe, und ... sie sind sicherlich ins Watt gelaufen, *aber soll ich ihnen folgen?* Ich sehe auf die Uhr. In zwei Stunden wird das Wasser wieder hier sein. Aber ich ... ich muss doch etwas tun! Mein Handy klingelt. Es ist Lars.

»Wehe, du gehst ins Watt. Bleib stehen, wir sind in zehn Minuten da. So schlimm es klingt, es sind Tiere, und du bist ein Mensch. Tiere haben einen Instinkt, sie werden aus dem Wasser finden, und wenn sie eingeschlossen werden, finden wir sie. Du bleibst an Land, verstanden?«

»Ja.«

»Ehrlich gesagt, das hatten wir jetzt noch nie: Alpakas retten.«

»Das ist nicht lustig.«

»Nein, und irgendwie dann doch. Hey, wir finden sie, aber ohne Ausrüstung oder dass wir wissen, wo sie sind, gehst du nicht ins Watt. Wir sind gleich da.«

»Hm.« Ich laufe zum Strand hinunter und schaue nach links und rechts. Ich frage ein paar Jogger, die mir entgegenkommen, ob sie die Tiere gesehen haben, aber immer wird der Kopf geschüttelt.

»Sie sind ins Watt, da bin ich mir sicher. King Charles, was machst du nur für Dummheiten?« Ich murmle leise vor mich hin, warte aber darauf, dass hoffentlich bald Lars und die Truppe ankommt. Nach gefühlt endlos langer Zeit fährt ein Geländewagen den Strand entlang. Lars steigt aus, mit ihm Pepper und einige andere Jungs. Ich bin etwas erleichtert, denn sie werden wissen, wie wir am besten vorgehen.

»Also, Matthys, da mir bekannt ist, dass du die Tiere unendlich gerne hast und nicht gerade arm bist, habe ich ohne lange mit dir Rücksprache zu halten den Hubschrauber geordert. Nino macht damit immer die Rundflüge. Er wird dir die Kosten berechnen. Ich habe ihm mein

Wort gegeben, dass du ihn bezahlst. In wenigen Minuten wird er ...« Er kommt nicht dazu, auszureden, da fliegt der Heli über uns und raus aufs Watt. Er wird sie finden. Er muss sie finden.

»Gute Idee, Lars.« Wie gebannt sehen wir dem Heli nach, und ich warte darauf, dass Nino sich am Funkgerät von Lars meldet. Es dauert nicht lange.

»Ich habe sie. Sie stehen alle auf einer kleinen Sandbank eng beieinander. Zumindest hoffe ich, dass es alle sind. Das Wasser hat ihnen bereits den Weg abgeschnitten. Ganz so einfach wird es nicht werden.« Lars überlegt, dann spricht er ins Funkgerät.

»Kannst du uns abholen und ein Stück rausfliegen?«

»Klar.«

»Matthys, hol Seile. Versuchen wir, die Tiere an der Leine zum Mitgehen zu bewegen.« Ich schüttle den Kopf.

»Wenn sie in Panik sind, wird das nichts werden. Dann können sie den Eseln von Leeve Konkurrenz machen.«

»Aber wichtig ist doch im Prinzip erst mal King Charles, oder? Die anderen werden ihm folgen.«

»Hm.« Lentje kommt angerannt.

»Habt ihr sie gefunden?«

»Ja, aber ...« Ohrenbetäubender Lärm bricht aus, als der Heli landet. Ich schreie Lentje regelrecht zu, was Lars vorgeschlagen hat.

»Die Idee ist gut. Hol du die Seile. Ich habe etwas dabei, um die Tiere zu beruhigen. Dann klappt es sicher, zumindest bei Charles. Vielleicht haben wir Glück.« Lars telefoniert mit jemandem, während ich wieder über die Dünen zum Unterstand renne und die Halfter der Tiere und Seile hole.

»Habt ihr sie gefunden?«

»Ja, Frieda. Sie sind im Watt.« Danach sprinte ich zurück, steige in den Helikopter, setze die Kopfhörer auf, und wir heben ab. Lentje sitzt neben mir.

»Dass ich mal auf diese Weise einen Rundflug mit dem Heli machen werde, hätte ich nicht gedacht.« Kaum sind wir oben, landen wir gefühlt schon wieder.

»Ihr müsst nach rechts. Ich halte etwas Abstand, damit sie nicht noch weiter in Panik geraten.« Er hebt wieder ab, und wir machen uns auf den Weg. Als wir die Tiere sehen, verlangsamen wir das Tempo.

»Lasst mich vorgehen. Sie kennen mich.«

»Du wirst nass werden.«

»So sehr wie ich schwitze Lars, macht das nichts mehr aus.« Langsam, aber entschlossen gehe ich durch den Priel oder Siel oder wie das heißt, auf die Sandbank. In der Hand ein Halfter und ein Seil. Ich spreche mit den Tieren, mit Charles.

»Na, Großer, das ist mal ein Abenteuer. Du wolltest deine Herde in Sicherheit bringen, aber das ist hier nicht der Fall. Wir müssen euch wieder an Land bringen, bevor das Meer zurückkommt.« Langsam trete ich näher, und sie spucken zwar, aber nicht in meine Richtung. In Gedanken denke ich nur, hoffentlich überstehen sie das alle unbeschadet. Charles blutet an der Brust, das erkenne ich. Langsam nähere ich mich ihm. Er schaut zu mir und dann zur Herde. Ich rede leise mit ihm, während ich mich zu ihm begebe. Er lässt mich nah an sich heran, weicht zuerst zurück. Doch schließlich bin ich bei ihm und kann ihm das Halfter überstreifen und das Seil befestigen. Prinz Georg kommt näher. Es scheint, als ob er spürt, dass ich ihnen helfe.

»Na, du. Gleich seid ihr in Sicherheit.« Auch bei ihm gelingt es mir, das Halfter über seinen Kopf zu ziehen und das Seil daran zu befestigen. Dann machen wir uns auf den Weg. Langsam und hoffend, dass die anderen uns folgen. Na los, locke ich sie. Schritt für Schritt, als wir zum Wasser kommen, zögert Charles und wird unruhig.

»Los, Großer, du schaffst das. Lass uns rübergehen.« Ich rede ihm zu, langsam und ruhig, und scheinbar mache ich es gut, denn plötzlich überwindet er seine Angst und betritt das Wasser. George folgt ihm, und auch Arthur. Nur die Ladys bleiben bei den Crais. Ich gebe Lentje die Seile und gehe zurück, schnappe mir eines der kleinen Crais und gehe erneut durch das Wasser, um es in Sicherheit zu bringen. Das Muttertier folgt mir. Dasselbe wiederhole ich mit den anderen kleinen Crais. Pitschnass stehe ich bald vor Lentje.

»Wie geht es den Tieren?«

»Charles und Arthur muss ich mir nachher genauer ansehen. Beide haben blutende Verletzungen, aber ich denke, es ist nicht so schlimm.«

»Wir müssen los, raus hier. Nicht, dass uns das Wasser erneut den Weg abschneidet«, meint Lars. Der Marsch ist anstrengender, als ich es mir vorgestellt habe. Die Schuhe versinken tief im Schlamm, und wir müssen Muschelbänken ausweichen, da sie die Füße der Alpakas aufschneiden und auch uns verletzen könnten. Dazu kommt die Gewissheit, dass das Wasser kommt. Ich weiß nicht, aber das Watt vom Strandkorb aus zu beobachten, ist definitiv angenehmer. Eine weitere Wattwanderung kann warten. Ich muss es laut ausgesprochen haben, denn Lentje lacht, und Lars meint.

»Ich dachte, du bist ein Friese.«

»In diesem Fall bin ich es für die nächsten Wochen nicht mehr. Ich glaube, ich werde nie mehr trocken, oder anders gesagt, den Schlamm werde ich nicht mehr los.«

»Waren die Schuhe etwa teuer?« Lars zwinkert.

»Du mich auch...« Lachend setzen wir unseren Weg fort. Nach einer Stunde erreichen wir unser Ziel, und meine Oberschenkel brennen. Der ungewohnte Gang durch den aufgeweichten Sand und das Sediment war nicht so einfach, wie ich dachte. Die Jungs waren während unserer Abwesenheit nicht untätig und haben die Holzlatten wieder befestigt und die zerbrochenen ersetzt. Als die Tiere im Stall sind, atme ich erst einmal durch. Zur Ruhe komme ich jedoch noch nicht. Erst wenn Lentje Entwarnung gibt und wir sicher sind, dass die Tiere diese Aktion unbeschadet überstanden haben, werde ich es sein. Nach einer halben Stunde ist klar, dass wir King Charles und Prinz Arthur für eine kurze Zeit in den Schlaf spritzen müssen. Die beiden haben tiefe Schnittwunden, die genäht werden müssen. Dafür muss Lentje das Fell an den betroffenen Stellen rasieren. Lentje fährt in die Praxis um weitere Utensilien zu holen und ich verabschiede mich von Lars und den Jungs.

»Danke. Die Tiere wären ohne euch sicher nicht mehr am Leben. Die Kleinen ganz gewiss nicht. Lars, du schickst mir die Rechnung zeitnah. Ich weiß, dass ihr das Geld nötig habt. Nächstes Mal sind es wieder Menschen, die ihr dort draußen rettet. Allerdings den Jungs, die die Böller gezündet haben, denen würde ich gerne die Ohren langziehen oder besser noch, sie einige Tage bei Lentje in der Praxis mitarbeiten lassen. Ich könnte sie ...«

»Wir werden sie finden, dann darfst du ihnen eine Ansage machen. Ich bin mir sicher, dass einer von ihnen ein schlechtes Gewissen bekommt und sich den Eltern anvertraut, wenn das bekannt wird.«

»Hoffen wir es. Es geht mir nicht ums Geld, sondern darum, dass sie verstehen, was sie den Tieren damit angetan haben.« Lentje hält mit dem Auto an und steigt aus, geht zu Frieda, die immer noch hier ist, und läuft in den Stall. Ich halte Frieda zugute, dass sie aus Mitgefühl hier bleibt, um zu helfen, und nicht nur der Grund ist, dass sie alles aus erster Hand berichten möchte. Denn sie blieb bei dem kleinen Alpaka und Leila. Dass später alle davon erfahren werden, ist trotzdem ihr Tageshighlight, und das wissen wir alle. Charles wird schnell müde und kann sich kaum noch auf den Beinen halten. Wenn es nicht so traurig wäre, könnte man beinahe darüber schmunzeln, denn es sieht aus, als hätte er zu viel Alkohol intus. Lentje hilft ihm, sich auf das Stroh zu legen, damit er nicht unkontrolliert fällt und sich noch mehr verletzt. Dasselbe passiert mit Arthur nur Sekunden später. Routiniert, als ob sie das jeden Tag machen würde, rasiert sie das Fell ab. Nun knie ich neben ihr und warte darauf, dass sie mir sagt, ob ich helfen soll.

»Reich mir mal das Tuch.« Wie in einem Krankenhaus wird ein grünes OP-Tuch über die Wunde gelegt, und bald ziert eine ordentliche Naht die Haut von Charles. Lentje desinfiziert noch einmal und bringt einen Verband an. Das Gleiche wiederholt sie bei Arthur. Danach räumen wir auf.

»Die beiden werden noch eine Stunde schlafen. Danach sollte wieder alles in Ordnung sein. Die Fäden lösen sich von selbst auf, und in zehn Tagen werden sie sich nicht mehr daran erinnern. Ich schaue mir die Wunde in zwei Tagen kurz an und hoffe, dass sich nichts entzündet. Dann wird dieses Erlebnis hoffentlich bald vergessen sein.« Wir schauen zu den Tieren im Stall.

»Sie werden wieder ruhiger.«

»Ja, zum Glück, Frieda.«

»Ich gehe dann mal.«

»Danke, Frieda.«

»Gern geschehen. Jetzt muss ich aber ...« Als sie weg ist, murmle ich zu Lentje.

»Bald wird jeder Bescheid wissen.«

»Sicher, und damit erhöhen wir den Druck auf die Jungs. Das kommt ans Licht. Ich wette mit dir, dass morgen früh drei Jungs mit ihren Eltern vor deiner Tür stehen und sich bei dir entschuldigen. Zumindest, wenn es Einheimische sind. Jetzt aber geh nach Hause, Matthys, damit du dich nicht erkältest. Nimm eine heiße Dusche und trink etwas Warmes. Wenn ich darf ... ich komme später noch auf ein Glas Wein vorbei. Bist du im Strandkorb?«

»Jetzt, da ich weiß, dass du kommst auf jeden Fall, sehr gerne, Lentje.« Wir lächeln uns an.

Der Abend wird sogar noch richtig perfekt. Den Sonnenuntergang sehen wir uns zusammen im Strandkorb sitzend, mit einem Glas Wein in der Hand, an. Ich frage Lentje später nicht, ob sie mit mir in die Kate geht, aber als wir den Abend am Strand beenden, gehe ich den schmalen Pfad nicht alleine zurück.

LENTJE BOGER

Lachend und freudenstrahlend umarme ich Vincent, wohlwissend, dass Matthys hinter mir steht und zusieht.

»Hallo Vincent, wie schön, dass ihr hier seid.« Er flüstert mir zu.

»Ich küsse dich jetzt, denn ich muss diesen Mann, der dich so eifersüchtig betrachtet, einfach herausfordern.« Bevor ich etwas sagen kann, spüre ich seine Lippen auf den meinen und auch seine Zunge. Im Hintergrund höre ich Magdalena mit Matthys reden.

»Ruhig Blut, es gefällt ihm, dass du dich aufregst. Er will wissen, wie eifersüchtig du reagierst, da sie seine älteste Freundin ist.«

»Ist er es?« Frage ich Vincent.

»Sehr.« Kichert Vincent und löst sich von mir. Ich wende mich ihm zu und frage: »Zufrieden?«

»O ja, er ist in Ordnung.« Er dreht sich zu Matthys um und reicht ihm die Hand.

»Hallo Matthys, ich bin Vincent.«

»Soll ich deine Frau jetzt auch so abknutschen?«

»Wenn du nicht mehr leben willst, probier es aus, aber ich würde dir davon abraten. Ja, ich wäre eifersüchtig, Magdalena aber würde dich töten.« Die Angesprochene grinst und meint: »Wo er recht hat.«

MATTHYS SAATHOFF

Es werden zwei richtig angenehme Wochen. Tagsüber machen Vincent, Magdalena und ihre Kinder Familienurlaub, aber abends sitzen wir oft zusammen. Entweder bei mir oder bei ihnen vor dem Mobilheim. Meistens dann, wenn die Kinder einfach nur platt sind. Nach zwei Wochen gebe ich zu, dass ich zwei weitere neue Freunde gefunden habe. Vincent ist mehr als in Ordnung, und ich habe viel mit ihm geredet. Wenn sich Lentje abends verabschiedet hat, da sie ja am Morgen wieder in der Praxis arbeiten musste, bin ich ein paar Mal sitzen geblieben. Er hat mich auch auf seine direkte Art gefragt, warum ich nicht arbeite.

»Bist du etwa nicht mit Frieda bekannt? Und sag nicht, dass Lentje dir nichts erzählt hat.«

»Frieda kenne ich nicht. Aber ja, Lentje hat ein wenig geplaudert, aber nicht so viel, wie du vielleicht vermutest. Also?«

Wir gehen wie gesagt in diesen Tagen erst spät in der

Nacht auseinander, und Vincent weiß im Prinzip alles von mir. Auch Magdalena ist unglaublich nett. Sie hat Temperament und Feuer. Ich bin mir sicher, dass es bei den beiden nicht langweilig wird.

Die zwei Wochen verfliegen nur so, und am Freitag, dem letzten Tag des Urlaubs von Vincent und seiner Familie, zudem dem letzten Arbeitstag von Lentje, die die Praxis nun für zwei Wochen schließt, lade ich alle ein. Zu mir in die Kate, auch Leon und Leevke und Leeve mit Tanja. Ich habe mich mit Ole heimlich besprochen, und er hat mir frischen Fisch geliefert. Dazu habe ich bei einem neuen Laden in Wittdün, der vegetarische Köstlichkeiten zaubert und bei dem ich seit einigen Wochen Stammgast bin, eingekauft. Oliven, eingelegter Ziegenkäse, gefüllte Tomaten und gegrilltes Gemüse. Wunderbare, duftende Kräuteröle und Brotaufstriche. Dazu frisches Fladenbrot von Heike. Das Wetter spielt mit, und ich freue mich, dass alle zugesagt haben und hoffe dass alle guten Appetit mitbringen. Die Stimmung ist entsprechend locker. Lentje ist jedoch seltsamerweise etwas in sich gekehrt. Ich hoffe, sie bekommt nicht wieder Migräne. Das wäre kein schöner Start in die kommenden Urlaubstage. Als sie in die Küche geht, folge ich ihr.

»Alles gut bei dir? Du bist so still.«

»Ja, Matthys, natürlich. Ich bin nur etwas müde.« Ich nehme sie in den Arm und murmle ihr zu.

»In den kommenden zwei Wochen werde ich dich verwöhnen.« Sie lächelt zwar, aber irgendwie habe ich das Gefühl, dass dieses Lachen nicht bis zu ihren Augen reicht. Auch wenn ich lieber weiter mit ihr gesprochen hätte, habe ich Gäste, und deshalb löse ich mich von ihr, wenn auch sehr ungern. Im Nachhinein muss ich sagen, *warum habe ich das nicht getan?* Sie ist es, die wichtig ist. Meine Gäste hätten es verstanden. Aber hinterher ist man ja immer schlauer.

Vincent und Magdalena fahren gegen zehn Uhr am Abend zum Campingplatz. Die Jungs sind müde, und er muss morgen nach Hause fahren. Wir verabschieden uns, und ich hoffe wirklich, dass ich ihn bald wiedersehe und sage ihm das auch.

»Nicht mehr eifersüchtig?«

»War ich nie.«

»Du Lügner! Lentje hat es mir verraten.«

»Was?«

»Dass du den Platz markieren musstest.«

»Hat sie nicht!« Er kichert los, und ich bemerke, dass ich voll in die Falle getappt bin.

»Ich wusste es. Was habe ich dir gesagt, Magdalena?« Diese meint nur.

»Du sollst ihn nicht ärgern.«

»Ach komm, er ist ein großer Junge und kann das vertragen.« Ich schüttle nur den Kopf. Magdalena fällt mir in die Arme.

»Bis ganz bald mal wieder. Du hast ja etwas mehr freie Zeit. Gut, da sind die Tiere, aber komm uns doch mal besuchen. Leeve würde deine Alpakas sicherlich mitversorgen, wenn du im Gegenzug seine Esel mal übernimmst. Wie gesagt, unser Gästezimmer beinhaltet ein großes Bett.«

»Mache ich, versprochen.«

»Und bring gefälligst Lentje mit.« Leise flüstere ich nur für ihre Ohren.

»Auch das.« Danach verschwinden die Vier. Auch Leon und Leeve gehen nach einem weiteren Glas Wein, und mit ihnen gehen auch Leon und Tanja. Lentje hilft mir beim Aufräumen, und danach will sie gehen, was ich eigentlich nicht möchte. Doch irgendwie ... klammern ist bei ihr nicht gut, deshalb sage ich zu ihr.

»Ich laufe noch mit rüber.« Am Strandkorb bleiben wir kurz stehen. Jugendliche haben ein großes Feuer entzündet, und sie sitzen im Kreis darum. Heute ist es erstaunlich windstill, und es herrscht eine tolle Stimmung am Strand. Auch die Musik ist angenehm. Deshalb ziehe ich Lentje in den Strandkorb, und sie lässt es zu. Sie schmiegt sich an mich, und doch ... irgendetwas stimmt nicht.

»Freust du dich auf die freien Tage?«

»Hm.«

»Lentje, ich habe dich das heute schon einmal gefragt. Was ist denn los? Habe ich etwas falsch gemacht? Dich irgendwie beleidigt oder ...«

»Nichts, ich ... ich bin einfach müde.« Sie löst sich von mir und verabschiedet sich. Als ich aufstehen will, deutet sie mir an, sitzenzubleiben.

»Bleib. Ich ... ich muss etwas nachdenken.« Erneut kann ich nicht anders, als sie zu fragen.

»Lentje, ist wirklich alles in Ordnung?«

»Hm.« Dass dies keine allzu befriedigende Antwort ist, dürfte klar sein, doch ich kann sie ja nicht zwingen, mir etwas zu sagen. Stunden später denke ich nur: »Warum habe ich sie nicht gezwungen, mir zu sagen, was los ist? Trauert sie etwa Vincent nach?«

STRANDKORB SIEBEN

Die Stimmung heute ist anders. Matthys ist besorgt, da er spürt, dass etwas mit Lentje nicht stimmt. Aber auf sein Nachfragen hin antwortet sie nicht wirklich, und auch ich spüre, dass etwas nicht in Ordnung ist. Etwas drückt sie regelrecht nieder und sorgt dafür, dass sie niedergeschlagen wirkt. Ich kann nicht einmal ansatzweise erahnen, was es ist. Als sie sich von Matthys verabschiedet, kommt es mir endgültig vor. Ich hoffe, dass ich keinen Fehler gemacht habe, dass ich ...

LENTJE BOGER

W*as soll ich nur tun?* Den ganzen Tag bin ich bereits völlig durcheinander. Ich weiß einfach nicht, was ich tun soll und wie mir das entgehen konnte. Wie konnte ich so dumm sein! Das könnte ich verstehen, wenn ich ein Teenager wäre, aber das bin ich nicht. Und als Ausrede die Arbeit vorzuschieben gilt auch nicht. Ich ... ich muss es sicher wissen und hier kann ich es nicht herausfinden. Es würde sofort die Runde machen. In solchen Dingen ist diese Insel ein Fluch. Geheimnisse zu bewahren funktioniert hier einfach nicht. Wenn ich ehrlich bin, ist dieses Grillfest, das Matthys organisiert hat, wirklich das Letzte, was ich heute gebrauchen kann. Aber er freut sich seit Tagen darauf und es ist ja auch etwas Tolles. Außerdem wird es der letzte Abend mit Vincent und Magdalena sein. Ihr Urlaub ist vorbei, aber ...

»Lentje, ist alles in Ordnung?«, fragt Kaatja, die in der Tür steht.

»Natürlich, entschuldige. Was ...« Sie sieht mich seltsam an.

»Ich hatte dich gefragt, ob ich den nächsten Patienten bringen kann, oder anders ausgedrückt, den letzten für die nächsten zwei Wochen.«

»Natürlich. Lass uns weitermachen. Wer ist es denn?«

»Der Hund von Ottis Jansen. Er ist bereits sechzehn Jahre alt und ... nicht heute, Lentje. Versuche alles, was du kannst, aber dieser Hund sollte heute nicht gehen, nur wenn er fürchterlich leiden muss. Ich habe keine Ahnung, was Ottis braucht, aber ...«

»Schon verstanden.« Wenig später wird klar, dass Ottis Hund nur Wurmtabletten und ein Medikament für den Magen benötigt. Er hat etwas gegessen, was ihm nicht gutgetan hat. Das kann in diesem Alter schon mal passieren. Mit einem tiefen Seufzer der Erleichterung verlässt der Mann mit seinem wirklich in die Jahre gekommenen Hund die Praxis, und wir schließen ab und räumen auf. Ich bestelle noch Medikamente nach, protokolliere alles, schreibe die Rechnungen, und dann ist es beinahe sechs Uhr. Eigentlich sollte ich noch duschen und ... Kaatja und Bella sind längst gegangen, und auch ich beschließe zu gehen und das Schild anzubringen, dass wir zwei Wochen geschlossen haben. Dazu kommt die Nummer der Praxis vom Festland, die die Vertretung für Notfälle übernimmt.

Der Abend wird toll, auch wenn ich nicht bei der Sache bin, was Matthys auffällt, ebenso wie Leevke. Doch sie sagt nichts, noch nicht. Morgen früh jedoch wird sie die Erste sein, die zu mir ins Zimmer kommt. Morgen. *Was zur Hölle soll ich nur tun?* Was, nur wenn ... was wenn ... ich könnte heulen. Doch alles deutet darauf hin. Die Kopfschmerzen, die Müdigkeit ... das bin alles nicht ich. *Und dann ... was wird Matthys dazu sagen? Und wird er denken, dass ich ihn reinlegen wollte?* Und ... ich ... so bin ich nicht. Ich bin kein Dummchen. Ich bin niemand, der so ist. Im Moment mag ich mich selbst nicht, und dann wieder ... *wenn es stimmt, was dann?* Ich ... ich muss weg, ich muss nachdenken, ich brauche frische Luft.

Leise, noch bevor jemand aufsteht, gehe ich aus dem Haus. Lucky sieht mich aus seinem Körbchen zwar müde an, aber er schläft weiter. Wenn jemand etwas gehört hat, dann wird es Leon sein, doch es bleibt ruhig. Mit dem Auto fahre ich nach Wittdün und nehme die erste Fähre aufs Festland. Das wird nicht unbemerkt bleiben und sich schnell herumsprechen, und dennoch brauche ich diese Distanz. Vielleicht denken sie auch, dass ich zu Beginn meines Urlaubs noch nach meiner Wohnung in Dagebüll schauen möchte. Sie werden sich ihre Gedanken darüber machen und spekulieren. Als wir am Festland ankommen, fahre ich einfach weiter. Direkt in Richtung Flensburg, halte erst in einem kleinen Ort im Nirgendwo an. Dort wird mich, hoffe ich, niemand erkennen, und ich gehe in eine Apotheke. Ich überlege, wie viele Frauen dies wohl bereits vor mir getan haben und muss, auch wenn mir gerade nicht zum Lachen zumute ist, lächeln. Mit meinen Einkäufen und einigen Broschüren, die mir die nette Dame eingepackt hat, fahre ich zurück nach Hause, nach Dagebüll, und mache den Test, von dem ich eigentlich bereits jetzt weiß, dass er positiv sein wird. Zwei Striche. Zwei deutliche Striche sind zu sehen. Es gibt noch andere Tests, bei denen diese Striche nichts Gutes bedeuten, aber das ... unwillkürlich zittere ich. Tränen tropfen mir aus den Augen und laufen über meine Wangen.

Ich sitze da und weine. Ich kann das nicht. Ich bin nicht gut genug. Ich hatte doch überhaupt keine guten Vorbilder, was das angeht. Pure Angst durchzieht mich, und dann ... löst sie sich in Luft auf. Freude erfüllt mich. Meine Hand wandert zu meinem Bauch, und ich streichle dieses kleine Wesen in mir. Auch wenn ich mich noch tausendmal frage, wie das passieren konnte, da ich ja verhüte und die Pille nehme, ist es passiert. Eine Seele hat sich dazu entschlossen, wieder auf diese Welt zurückzukommen. Und ich werde mein Bestes dafür tun, dass ihr der Start ins Leben gelingt und das Baby ein liebevolles Zuhause haben wird, dass es geliebt wird. Keine Schläge, keine Prügel und keine Mutter, die lethargisch alles über sich ergehen lässt.

»Vor allem aber keine Schläge ...«, flüstere ich leise. »Ich werde auf dich aufpassen, mein kleines Baby, und ich werde Leeve und meinen Schwestern sagen, dass wir das Grundstück verkaufen müssen, damit ich dich bestmöglich versorgen kann. Und ja, da ist auch noch Matthys, der ... er wird dich genauso lieben, das weiß ich einfach. Und mich ... selbst wenn er mich vielleicht nicht für immer lieben wird, dich auf jeden Fall.«

Mein Handy klingelt nicht zum ersten Mal. Ich sehe auf die Uhr. Zwei Stunden sitze ich jetzt einfach nur am Tisch, betrachte diesen Test und führe Selbstgespräche oder Gespräche mit dem kleinen Wesen, das sicher in meinem Bauch heranwächst. Ein Baby. Ich und ein Baby. Das ist ... so verrückt.

MATTHYS SAATHOFF

Was für ein toller Abend gestern. Und auch wenn ich Vincent wirklich nicht mochte - schon aus Prinzip nicht - muss ich mir selbst eine Kopfnuss geben und über mich lachen. Ich war eifersüchtig, und zwar ziemlich heftig. Doch Vincent ist ein toller Mann, seine Frau Magdalena passt zu ihm und die beiden Jungs sind Kinder, wie ich sie mir später auch einmal wünschen würde. Dass Lentje aber so seltsam zurückhaltend war, ist nicht nur mir aufgefallen. Nachdem ich mir einen Tee auf der Terrasse gegönnt und den restlichen Salat vom Abend gegessen habe, fahre ich mit dem Rad zu den Alpakas, gebe ihnen frisches Heu und säubere den Unterstand. Ich setze mich eine Weile zu ihnen, dann fahre ich jedoch zurück und direkt zu den Kasers. Leevke hat sich diese ersten zwei Wochen im August ebenfalls freigenommen, und so kommt es, dass ich die beiden auf der Terrasse antreffe. Lentje scheint noch zu schlafen.

»Moin, Matthys, bist du alleine?«, fragt sie.

»Ja, wieso?«, antworte ich und sie sieht plötzlich anders aus, wendet den Blick zu Leon.

»Dann hast du dich doch nicht getäuscht«, meint sie. Ich habe keine Ahnung, was los ist.

»Was meinst du?«, frage ich. Sie geht, ohne etwas zu sagen, ins Haus und läuft vermutlich zu Lentje ins Zimmer.

»Leon?«, wende ich mich an ihn.

»Ich dachte, dass ich heute Morgen die Haustür gehört habe. Aber...« Leevke kommt wieder auf die Terrasse.

»Sie ist weg. Ihr Auto ist auch nicht da.«

»Aber ... wo sollte sie denn hin sein?«, frage ich verwirrt.

»Sie war gestern schon in komischer Stimmung, ist dir das nicht aufgefallen, Matthys? Ich dachte zuerst, ihr hattet vielleicht einen Streit«, sagt Leevke.

»Nein, hatten wir nicht, und ja, mir ist es auch aufgefallen. Ich habe sie danach gefragt, doch sie hat nur abgewunken. Aber weg? Wo sollte sie denn hin sein? Ich fahre zu mir zurück, vielleicht ist sie dort und wir haben uns verfehlt.« Entscheide ich mich und handle danach. Ich schwinge mich so schnell wie möglich aufs Rad und fahre zur Niemeyer Kate. Doch sie ist nicht da. Zur Sicherheit renne ich noch zum Strandkorb, aber auch dieser ist leer. Es wäre auch seltsam gewesen, da ihr Auto nicht da ist. Vielleicht ist sie bei Vincent und verabschiedet sich nochmal von ihm? Das wird es sein. Ich nehme mein Handy zur Hand und rufe bei ihm an.

»Moin, Matthys, schon Sehnsucht nach meiner Gesellschaft? Welche Freude«, begrüßt er mich.

»Ist Lentje noch bei dir?«, frage ich besorgt.

»Wie meinst du das?«, erwidert Vincent verwirrt.

»Sie war also nicht bei dir, um sich nochmal zu verabschieden?«

»Nein. Wir sind bereits auf der Fähre. Matthys, was ist los?«, fragt er nun ebenfalls besorgt.

»Keine Ahnung, sie ist weg. Ich ... weit kann sie ja nicht sein. Entschuldige.«

»Hey, melde dich, wenn sie wieder auftaucht. Jetzt mache ich mir auch Sorgen«, meint Vincent.

»Das wollte ich nicht. Pass du beim Fahren gut auf«, erwidere ich.

»Mache ich.« Danach lege ich auf und nur Sekunden später klingelt es erneut.

»Lentje?«, frage ich hoffnungsvoll.

»Nein, ich bin es, Leevke. Sie ist aufs Festland gefahren mit der ersten Fähre«, antwortet sie.

»Aber ... was tut sie denn da? Gut, es kann sein, dass sie nach ihrer Wohnung sieht oder etwas holt. Aber weshalb hat sie nichts davon erwähnt? Oder was denkst du, was der Grund dafür ist?«, frage ich.

»Hm ...« Gibt Leevke nachdenklich von sich.

»Leevke?«, frage ich erneut.

»Das ist alles etwas seltsam, und ich spüre, dass sie extrem durcheinander ist«, antwortet Leevke.

»Du spürst das?«, frage ich überrascht.

»Ja, das ist dieses Zwillingsdings. Irgendetwas stimmt nicht mit ihr«, erklärt Leevke.

»Und jetzt? Nein, nicht »und jetzt«, ich werde zu ihr fahren. Hast du mir ihre Adresse? Bitte Leevke.« Sie gibt mir ihre Adresse, und ich jogge zurück zur Kate und fahre mit dem Pickup zur Fähre. Ich erwische sie gerade noch und bin kurz nach Mittag auf dem Festland auf dem Weg zu ihrer

Wohnung. Dort macht jedoch niemand auf. Eine aufmerksame Nachbarin öffnet ihre Tür und gibt mir freundlicherweise Auskunft.

»Moin. Sie ist nicht hier,« sagt sie.

»Moin, ich bin ein Freund von ihr. Wissen Sie, wo sie hin ist?«, frage ich höflich.

»Sie ist zu ihren Geschwistern nach Amrum gefahren. Sie wohnt dort über den Sommer. Ich soll ihre Blumen gießen, aber das ist nicht viel Arbeit. Sie hat mir nur ihre drei Orchideen gebracht. Die jungen Dinger haben für solche Dinge einfach keine Zeit mehr«, erklärt die Nachbarin.

»Das weiß ich, aber ...«, antworte ich.

»Sie war vorhin kurz hier«, unterbricht sie mich. »Sie hat gesagt, dass sie etwas zu erledigen hat und jetzt zurückfährt.« Ich denke nur »Na toll«, sage es aber nicht, und bedanke mich stattdessen bei der Nachbarin. Kaum sitze ich im Auto, klingelt mein Handy erneut.

»Moin, Matthys, sie ist jetzt auf der Fähre zurück nach Amrum. Meike hat gerade angerufen«, informiert mich Leevke.

»Ich habe es gerade von ihrer Nachbarin erfahren. Sobald ich ein Ticket erhasche, fahre ich wieder zurück. Das wird jedoch etwas dauern, hier am Anleger ist die Hölle los«, erkläre ich ihr.

»In Ordnung. Ich gebe ihr Bescheid, wenn sie hier auftaucht,« sagt Leevke.

»Danke, Leevke.« Es dauert lange, bis ich über Nordstrand ein Ticket ergattere. Ich muss jedoch zuerst dorthin fahren, was zeitlich ziemlich knapp wird. Aber ich schaffe es gerade noch so und atme tief durch, als ich auf der Fähre bin. In gut einer Stunde werde ich wieder auf der Insel sein. Was für eine Hektik. Ich bin wirklich gespannt, was das sollte. Vor allem, da sie immer noch nicht ans Handy geht, trotz der unzähligen Versuche und Nachrichten, die ich ihr hinterlassen habe. *Bin ich ihr böse?* Nein, ich frage mich nur ständig, was geschehen ist und was ich falsch gemacht habe. Es kann nicht nur eine Kleinigkeit sein. Lentje geht Konfrontationen selten aus dem Weg. Sie sagt, was es zu sagen gibt, und nachtragend ist sie auch nicht. Zumindest war das in den vergangenen Wochen nie ein Thema. Aber ich kann mich wirklich nicht erinnern, etwas Falsches zu ihr gesagt zu haben. *Was hat sie nur?* Als ich endlich die Fähre verlasse, fahre ich zurück zur Kate. Keine Ahnung, wieso ich es weiß, aber ich bin mir sicher, dass sie beim Strandkorb ist. Ich laufe den schmalen Pfad durch die Dünen entlang und werde nicht enttäuscht. Sie sieht mich an, und ihr Blick ist ... anders.

»Da bist du ja, Lentje. Ich habe mir Sorgen gemacht«, begrüße ich sie.

»Ich bekomme ein Baby«, sagt sie direkt, klar und deutlich. Ohne Umschweife oder mich darauf vorzubereiten. Sie bekommt ein Baby. Nein, wir bekommen ein Baby.

»Und das verwirrt mich völlig. Ich habe es auch viel zu spät bemerkt. Habe überhaupt nicht damit gerechnet. Meine Regel ist aufgrund der Pille sowieso meist nur ... und dann die Praxis, der Umzug hierher. Das mit dem Vater und dann du. Dazu Vincent und ... mir wurde alles zu viel, und ich habe es schlichtweg nicht bemerkt oder bewusst ignoriert. Aber gestern Mittag in der Praxis, als ich beinahe vor Müdigkeit im Stehen eingeschlafen bin, da fiel es mir wie

Schuppen von den Augen. Wenn ich hier in die Apotheke gegangen wäre, dann ...«

»Dann hätten alle andere es vor mir gewusst«, unterbreche ich sie.

»Stimmt. Deshalb ... ich bin heute Morgen früh losgefahren in Richtung Flensburg. Ich wollte einfach, dass es keiner weiß. Dann bin ich zurück in meine Wohnung gefahren und habe, wie vermutlich schon sehr viele Frauen vor mir, auf dem stillen Örtchen einen Test gemacht und danach geheult. Zuerst vor Schock, dann aber ... dann aber ...«, sagt sie und sieht mich an.

»Vor Freude?«, ergänze ich den Satz für sie. »Ich war dort.«

»Wo?«, fragt sie mich verwirrt.

»In deiner Wohnung. Wir müssen uns verpasst haben. Denn die nette Nachbarin meinte, dass du kurz zuvor dort warst und danach aber wieder zurück nach Amrum gefahren bist. Ich habe kein Ticket für die Fähre in Dagebüll bekommen, deshalb hat es etwas gedauert«, erkläre ich ihr.

»Bist du mir böse?«, fragt sie.

»Weshalb sollte ich dir böse sein?«, erwidere ich.

»Nun ja, da ich ...«, beginnt sie, aber ich unterbreche sie.

»Lentje, ich vermute mal schwer, dass ich daran eine Mitschuld trage.«

»Woran?« Fragt sie verwirrt.

»Dass du ein Baby erwartest. Im Übrigen Lentje, ich weiß nicht, wie du darüber denkst, aber ich könnte platzen vor Freude«, gestehe ich ihr. Jetzt ist es raus. Ich habe mich, finde ich lange zurückgehalten, aber jetzt ... Sie schaut mich an, nach diesen so deutlichen Worten, die so viele Gefühle enthalten haben. Sie ist still und blickt einfach nur zu mir.

Leise und für Lentje Boger, wirklich extrem schüchtern und zurückhaltend, fragt sie schließlich: »Du freust dich?«

»Aber natürlich! Lentje Boger, ich freue mich unglaublich, dass wir Eltern werden, und wir werden gute Eltern sein. Und ich frage dich jetzt nicht, ob du meine Frau werden willst, denn ich vermute, dass dich das völlig überfordern würde. Aber wenn du der Meinung bist, dass du dazu bereit bist, mit mir eine Familie zu gründen, dann bin ich dabei.«

»Aber ... Heiraten? Ich ... ich muss ... ich muss jetzt ... Küss mich, Matthys, bitte küss mich. Ich habe Angst, dass ich den Boden unter den Füßen verliere, und ...« Sie, kann die nächsten Worte jedoch nicht aussprechen, denn ich tue genau das, ich küsse sie und möchte sie am liebsten gar nicht mehr loslassen. Nein, ich werde sie nie mehr loslassen. In meinem Kopf rasen die Gedanken. Das Tiny-House wird viel zu klein sein, und ich werde mir etwas überlegen müssen ...

»Lass uns mit deinen Geschwistern reden, sobald du die Nachricht verdaut hast. Sobald wir gefeiert haben. Nur wir zwei. Denn dann ...« Sage ich schließlich.

»Was dann?«, fragt sie neugierig nach.

»Dann müssen wir uns Gedanken über ein Zuhause machen, und ich habe da eine Idee.«, erkläre ich ihr.

STRANDKORB SIEBEN

Was für eine wundervolle Nachricht! Ich kann so viel erzählen, wenn dieser Sommer vorbei ist. Ein Baby, das erste Strandkorbbaby irgendwie. Vielleicht wurde es in jener Nacht gezeugt, als ich meine Farbe kurzzeitig gewechselt habe und etwas rot geworden bin. Aber diesen Teil werde ich natürlich für mich behalten. Den anderen werde ich sicherlich nichts davon erzählen, nur das, was letztendlich dabei herausgekommen ist: Ein Baby.

EPILOG

Ein wunderbarer Sommer geht zu Ende, ein Sommer, der es in sich hatte. Ich sitze mit Lentje auf der Terrasse meines Tiny-Houses und wir schauen auf die kleine Herde. Lentje hat einen wunderschönen kleinen Babybauch. Witta ist aus der Reha zurückgekehrt und wieder genesen. Die beiden haben lange miteinander geredet und Lentje wird, wenn das Baby auf der Welt ist und sie fit genug ist, bei Witta in die Tierarztpraxis einsteigen. Sie werden sich die Arbeit teilen. Für Witta ist es eine Win-Win-Situation, da sie nicht mehr so viel arbeiten möchte. Sie wird sich zwei Tage in der Woche freinehmen, an denen Lentje arbeiten wird. Am Mittwoch werden sie entweder gemeinsam in der Praxis arbeiten oder sich abwechseln. Es wird sich einspielen und einpendeln, aber noch ist es nicht soweit. Lentje soll sich zunächst auf das Baby vorbereiten und darauf, dass sie Mutter wird. Wir werden die ersten Wochen als Eltern genießen. Sie muss auf keinen Fall arbeiten, wenn sie es nicht möchte, aber so ist sie nicht. Diese Selbstständigkeit ist allen Boger-Frauen wichtig. Morgen werden die Bagger kommen und die Brandruine beseitigen. Es hat eine Weile gedauert, bis alles mit der Versicherung und dem Finanzamt geklärt war. Die Frage des Erbes. Zumindest was die Erbschaftssteuer betrifft, haben die vier eine gewisse Erleichterung erfahren, als der Bescheid kam, wie das Grundstück bewertet wurde. Das Amt hat sich an den niedrigeren Grundstückspreisen orientiert. Leevke hat sich sehr angestrengt und einige Briefe geschrieben. Letztendlich ist es ganz gut ausgegangen, und sie mussten nur einen Teil verkaufen, und zwar den Teil, den ich von ihnen erworben habe. Ein Teil ging an Lentje und den Rest teilen sich derzeit Leevke, Levka und Leeve. Ich habe meinen Teil des Grundstücks von ihnen gekauft und den Rest gepachtet. Zunächst einmal. Außerdem habe ich Lentje das Geld für ihren Teil der Erbschaftssteuer gegeben. Sie wollte es zuerst nicht annehmen, aber als ich ihr sagte, dass es letztendlich dem Baby gehören wird, hat sie eingewilligt. Wir werden auf diesem Teil ein wunderschönes Haus bauen. Die Pläne sind bereits fertig und eingereicht. Sobald die Genehmigung vorliegt, geht es los. Es wird ein Haus im Inselflair, mit Reetdach und viel Holz. Ein kleiner Traum. Nicht zu groß, denn wir möchten beide nicht Sklaven eines Hauses sein. Es wird einen Wintergarten zum Meer hin geben, der nach allen Seiten hin geöffnet werden kann. Das wird das Teuerste am Haus sein, aber auch das Beste. Die Scheiben werden wir im Boden versenken können. Ich habe diese Technik im Internet gefunden und bin extra einen Tag nach Österreich gereist, um es mir in einem Hotel anzusehen. Es ist perfekt. Man kann die Scheiben öffnen, je nachdem, von welcher Seite der Wind kommt, und so immer eine geschützte Terrasse haben. Den anderen Teil des Grundstücks haben die Bogers vorerst behalten. Das finde ich gut. Es gibt noch eine Schwester, die zwar auf keinen Fall zurück auf die Insel kommen möchte, aber den Sommer über ziemlich oft hier war. Sie hat Kummer, sagt Lentje, aber sie hat sich ihren Schwestern noch nicht anvertraut. Außerdem wird es nicht nur bei einem Baby bleiben, da bin ich mir sicher.

»Was denkst du?«

»Wie sich mein Leben seit diesem Zusammenbruch verändert hat. Heute kann ich wirklich sagen, dass dieser Tag, der bisher zu den schlimmsten gehört hat, sich zu einem der besten entwickelt hat. Ich würde immer noch jeden Tag wie verrückt arbeiten und Kurse auswerten, oder ich wäre, wie mein Arzt sagte, nicht mehr auf dieser Welt. Mein Herz hätte schlapp gemacht. Ich liebe dich, Lentje Boger, falls ich es dir heute noch nicht gesagt habe.«

»Ich dich auch, aber du hast es mir, wenn auch nicht gesagt, auf jeden Fall gezeigt.« Ich lächle und küsse sie sanft. Streichele über ihren wundervollen Babybauch und atme tief durch. Auch King Charles schaut zu uns und ich bin mir sicher, dass auch er sehr zufrieden aussieht.

Ende.

DANKSAGUNG

Toll, ihr habt es bis hierher geschafft! Es scheint euch wirklich gefallen zu haben. Ich würde mich sehr über ein Feedback und eine Rezension freuen. Wollt ihr nicht ein paar Worte schreiben?

Und natürlich danke ich meiner Familie, allen voran meinem Mann, gefolgt von meinen Kindern und meinen Eltern. Einfach allen. Steffis Buchecke, meinen Beta-Lesern und allen, die mich ermutigen, weiterzumachen. Und natürlich all meinen Lesern! Ich freue mich über jeden Einzelnen. Über jede nette Nachricht und jede persönliche Begegnung auf Messen.

Ihr findet mich auf Instagram und auf Facebook.

Vielen Dank, eure Lotta Larsson

BÜCHER VON LOTTA LARSSON

Strandkorbliebe auf Amrum - Leeve

Inselroman mit viel Liebe

Als die Ärztin Tanja Seeler ihren Verlobten wie in einem billigen Hollywoodfilm mit einer anderen Frau im Bett erwischt, verlässt sie fluchtartig die gemeinsame Wohnung. Ohne es richtig zu registrieren, fährt sie direkt nach Amrum. Dorthin, wo sie in ihrer

Jugend glücklich war und mietet sich eine kleine Kate. Kaum angekommen, fällt ihr der attraktive Dachdecker Leeve Boger vor die Füße, der gerade das Reetdach der Kate repariert.

Zwischen den beiden funkt es von Anfang an. Und das, obwohl sie sich erst wenige Stunden kennen. Die Tage auf Amrum lassen Tanja zur Ruhe kommen und über ihr Leben nachdenken. Lenny, ein Labrador-Rüde, schließt Tanja sofort in sein Hundeherz und sorgt für die eine oder andere kleine und große Panne. Doch dann verschwindet Tanja ohne Nachricht und lässt Leeve ratlos und enttäuscht zurück.

Hat er sich wieder einmal in einer Frau getäuscht? Oder gibt es eine Erklärung für ihr Verschwinden? Wird Strandkorb sieben seine Magie versprühen?

Strandkorbliebe auf Amrum - Leevke

Strandkörbe, Meeresrauschen und Inselromantik der Extraklasse!

Dreißig Jahre alt musste Leevke werden, bis ihr endlich ein Mann vor die Füße fällt – und das im wahrsten Sinne des Wortes.

Eine blöde Situation für den sehbehinderten Leon, der sich beim Sturz verletzt hat und jetzt Leevkes Hilfe braucht.

Die Luft zwischen ihnen scheint von der ersten Sekunde an in Flammen zu stehen, während sich der Zauber von Amrum langsam über sie legt.

Doch das romantische Kennenlernen wird nach einigen Tagen jäh unterbrochen, als Leons Halbschwester auftaucht. Mabel möchte ihren Bruder am liebsten vierundzwanzig Stunden lang betreuen, wobei Leevke nicht im Entferntesten ahnt, was wirklich dahintersteckt.

Auf der Urlaubsinsel brechen dramatische Stunden an, doch Leevke ist fest entschlossen, für Leon zu kämpfen. Zu wundervoll ist das Gefühl von Schmetterlingen in ihrem Bauch, die sie nie wieder zu verspüren geglaubt hat.

Wird Strandkorb sieben auch in diesem Sommer seine Magie versprühen?

Ein Sommer auf der Hallig Oland

Coming soon

🩶Küstenzauber und Herzenswärme: Ein Sommerroman auf der Hallig🩶

Rieke, eine quirlige New Yorkerin, erbt überraschend eine Kate auf der kleinen Hallig Oland von einer entfernten Verwandten. Die Bedingung: Sie muss ein ganzes Jahr auf dem beschaulichen Eiland leben. So begibt sich die Großstädterin Hals über Kopf ins Halligleben – im wahrsten Sinne des Wortes!

Mit ihren nicht vorhandenen Backkünsten und der Überzeugung, dass der Kürbis ein Monster ist, sorgt Rieke für so manches Gelächter unter den bodenständigen Bewohnern der Hallig Oland. Doch plötzlich fliegen Funken auf der Hallig, als sich eine unerwartete Liebesgeschichte zwischen ihr und dem Mieter der Dachgeschosswohnung entwickelt.

Begleite Rieke auf ihrer turbulenten Entdeckungsreise, bei der sie nicht nur das Inselleben kennenlernt, sondern auch ihr Herz neuen Abenteuern öffnet. Eine humorvolle und herzerwärmende Liebesgeschichte erwartet dich vor der malerischen Nordsee-Kulisse.

Lotta
Larsson
OLAND
Ein Sommer
auf der Hallig

KENNT IHR SCHON DIE BÜCHER VON MIAMO S. ZESI?

A Boss for Christmas

In der linken Hand einen Cocktail, im rechten Arm eine Frau – genau so sieht das ideale Fest der Liebe für den Weihnachtsmuffel Saint Barker aus. Der begehrte Junggeselle flieht seit Jahren in die wunderschöne Karibik, um dem ganzen scheinheiligen Weihnachtszauber und der Party bei seinen Eltern zu entkommen.

Nur blöd, wenn ein Unfall genau diese Flucht verhindert und er stattdessen mit einer wildfremden Frau in der Notaufnahme landet, statt im Flieger.

Eine Frau, die mit ihrer Fröhlichkeit alle Menschen in ihren Bann zu ziehen scheint – außer Saint. Schließlich sieht er sich als vollkommen unempfänglich für solche Gefühlsduseleien an.

Einem Deal mit Holly kann er dann allerdings doch nicht widerstehen! Saint hilft einem Obdachlosen, damit sie ihn auf die schreckliche Familienfeier begleitet. Schließlich bleibt ihm jetzt nichts anderes übrig, als hinzugehen.

Und dann ist er da, dieser Lichterglanz, dieser Weihnachtsduft, mit all den schmerzhaften Erinnerungen.

Kann ein Herz wirklich heilen, dank eines Menschen, den man gerade erst kennengelernt hat?

My Boss for Christmas

Raven Barker, einer der beiden Geschäftsführer von Barker Holdings, weiß genau, was er will. Nicht umsonst sitzt er auf dem Chefsessel des Unternehmens. Er ist hart, unnahbar und duldet keine Fehler. Auch nicht bei seiner neuen persönlichen Assistentin Caralina Baptist, die sich vom ersten Tag an viel zu sehr für ihn interessiert. Dabei gibt es in seinem Leben keinen Platz für Frauen - die Escort-Damen einmal ausgenommen. Eine Entscheidung, für die es einen Grund gibt, über den er niemals sprechen wird ... Caralina Baptist muss sich zügig eingestehen, dass der autoritäre Mistkerl - ihr neuer Chef - sie viel zu sehr fasziniert. Dabei kennt sie seinen Ruf und all die Geschichten, die sich um ihn ranken. Doch Raven Barker treibt es zu weit, weshalb sie sich gezwungen sieht, fristlos zu kündigen. Sie ahnt nicht, dass er ihr nachreisen würde. Die aufkommende Spannung zwischen ihnen führt zu einer impulsiven Nacht voller Leidenschaft und Hingabe - gerade jetzt, da das Weihnachtsfest naht und Raven unter allen

Umständen vermeiden will, an die Geschehnisse einer längst vergangenen Weihnachtsnacht zu denken.

FSC
www.fsc.org
MIX
Papier | Fördert
gute Waldnutzung
FSC® C083411